Kultur ohne Talent

BAUPUNQ
Das Grauen der Tiefe

Roman

2. Auflage: 70 Stück

Taschenbuchausgabe Aoril 2013

Satz, Lektorat und Umschlaggestaltung: Felix Gerbrod

Umschlagillustration: Philip Cassirer

Druck: PRINT GROUP Sp. z o.o.

Verlag: Kultur ohne Talent, Hamburg www.kot.de

Made in Germany

ISBN 978-3-942666-20-6

Wenn ich einen Panzer hätte
mit Geschützturm und mit Kette.
Mit Granaten und Kanonen
und genügend blauen Bohnen.
Da würd ich dann drinnen sitzen
an mir rumspielen und rumspritzen.
Tagelang mir einen scheuern
und aus allen Rohren feuern.
Nach der ersten Woche dann
werfe ich den Motor an.
Sind wir im Panzer dann zu zweit
treiben wir es richtig weit.
Es geht nur vor, niemals zurück
ein Panzer wär mein ganzes Glück.

I

Vor mehr als einem halben Jahrhundert sah sich die Berliner Regierung nicht mehr in der Lage, dem wachsenden Heer der Geringverdiener, Arbeitslosen und Armen Herr zu werden. Straßenschlachten bei Demonstrationen gegen Hartz XV gehörten genauso zur Tagesordnung wie die Straßenschlachten gegen Sparpakete aller Art. Die Polizei hatte sich darauf mit der Zeit eingerichtet und war entsprechend ausgestattet. Der Mehrzweckeinsatzstock war der Maschinenpistole gewichen und die Handschellen dem zusammengerollten Leichensack bzw. Personenverwahrungsbeutel, wie er jetzt offiziell hieß.

Als letzte Möglichkeit sah sich die Regierung genötigt, einen riesigen Betonsarkophag um und über der Berliner Innenstadt und den östlichen Bezirken zu errichten. Mauer drum, Deckel drauf, fertig. Die Spree wurde kurzerhand um den Sarkophag herumgeleitet. Oben auf dem Sarkophag wurde Berlin zum Teil nachgebaut, und was am alten Berlin zu hässlich war, wurde ausgespart und an dessen Stelle etwas Schönes, Neues, Prestigeträchtigeres hingesetzt. Wer genug zur Wirtschaft beitrug, durfte nach oben auf den Sarkophag in das nun umbenannte Neu-Berlin ziehen. Die Bezeichnung "Obere Zehntausend" bekam dadurch eine völlig neue Bedeutung ...

Kette wachte auf. Es war dunkel. Es war in Altberlin eigentlich immer dunkel. Aber diese Dunkelheit war anders. Er hatte erwartet, etwas zu hören, irgendwas, ein Schnaufen oder Ähnliches. Er versuchte, sich aufzurichten und stieß sich prompt den Kopf an einer Tischplatte. Ach ja, er war ja im Chéz Guevara. Sie hatten dort seinen 18. Geburtstag feiern wollen und er hatte mal wieder erfolglos - wie er in diesem Augenblick feststellte - versucht, Schlonz im Kampftrinken zu schlagen. Seine letzte Erinnerung war, wie sie sich zum x-ten Mal zuprosteten. Er krabbelte unbeholfen unter dem Tisch vor. Alles war dunkel, er suchte nach dem Lichtschalter und stieß sich das Schienbein.

"Fuck, dieset verfluchte scheiß-drecks-Kackstuhl-Mist-Sputtelscheisse-Drecksgekrösel!", fluchte er.

Als er versuchte, das Licht einzuschalten, bekam er erst mal einen saftigen Stromschlag: "Shit, dit wa die Steckdose!"

Eins weiter rechts war der gesuchte Schalter, nichts geschah: "Fuck, die Sicherung is schon wieda durch."

Kette tastet sich durch die Kneipe zum Sicherungskasten, nahm die Nottaschenlampe und wechselte die Sicherung. Das hätte er besser lassen sollen.

II

Damit Neu-Berlin nicht wie eine Gebäudeansammlung auf einem hässlichen Betonklotz mitten in der Landschaft von Brandenburg läge, hatten Stadt- und Landschaftsplaner beschlossen, den Sarkophag unter einem Tafelberg zu verstekken. Somit lagen die westlichen Außenbezirke von Neu-Berlin an einem Hang mit Westlage. Durch diesen cleveren Schachzug wurde Neu-Berlin im Winter auch noch zum Ski-Gebiet.

Isabell wachte durch das sanfte Schnurren von Léon, ihrem Kätzchen, auf. Sie schaute auf die Uhr und sah, dass sie noch eine Stunde Zeit hatte, bis sie zu ihrem Yogakurs aufbrechen müsste.

Sie ging in den Salon und begrüßte ihren Vater: "Guten Morgen, Vater" Sie umarmte ihn dabei und drücke ihm einen Kuss auf die Wange.

"Guten Morgen", sagte er kühl.

Sie teilte dem Butler mit, dass sie gern ein Müsli hätte und dass sie in einer halben Stunde zum Yoga müsse.

Während sie frühstückte, kam auch ihre Mutter herein: "Guten Morgen, mein Engelchen! Guten Morgen, Schatz!"

"Ich weiß nicht, was an diesem Morgen gut sein soll. Ein paar dieser Katakombenkrüppel haben es mal wieder nach oben geschafft und eine unserer Patrouillen überfallen."

"Aber das sind doch nur wilde Tiere, die können doch nichts mit Steinen gegen die Patrouillen auf ihren Hovercars ausrichten."

"Jaja, aber es ist störend. Außerdem haben sie beim Durchbruch nach oben den Rasen des neuen Lustgartens durchbrochen", schloss Isabells Vater.

"Ich hoffe, dass ich diesen Monstern nie begegnen muss!", meinte Isabell.

"Dafür kämpft ja dein Liebling Edgar in den Katakomben", erwiderte ihre Mutter.

Edgar war Leutnant der Städtischen Schutztruppe und einer von vielen Bewahrern von Ruhe und Ordnung. Isabells Vater, Heinrich Stürmer, der Großkommandant der Städtischen Schutztruppe hatte die beiden einander beim Weihnachtsball im Weißen Rathaus vorgestellt. Nachdem Isabell gefrühstückt hatte, kam der Butler herein und bemerkte, dass der Wagen für die junge Dame bereit stünde.

III

Das Chéz Guevara lag im Erdgeschoss eines hinter zentimeterdicken Stahlplatten geschützten Wohnhauses. Der Schutz war nötig, da sich in der Gegend allerlei Verrückte rumtrieben. Es wurde von einem alten Anarchisten gegründet, der immer mit schwarzem Vollbart und Barett rumrannte und deswegen Che Guevara genannt wurde, wie der alte kommunistische Feldherr aus Kuba. Zuerst war es nur ein Schutzraum für Gleichgesinnte. Doch bald bemerkte man, dass man beim Warten Durst bekommt. So wurde aus dem Schutzraum mit der Zeit ein Schankraum. Im Gegensatz zu anderen Kneipen, die den jeweiligen Kollektiven auch als Ausgangsbasis für diverse offensive Aktionen dienten, war hier Konsens, dass vom Chéz Guevara nichts ausging - außer schlechter Musik und Gegröle.

Was Kette sah, gab seinem Magen endgültig den Rest. Er kotze sich hemmungslos auf die Schuhe. Als er fertig war, setzte er sich auf die Stufen vor der Tür, nahm eine Portion Kautabak und dachte nach.

Das Chéz Guevara war von der Roten Armee überfallen worden. Diese hatte alle abgeschlachtet, die sie erwischen konnte. Lediglich ihn nicht, da er besoffen unterm Tisch pennte. Vor der Treppe lagen die Leichen von zwei zerrissenen Straight Edgern. Sie hatten ihm immer wieder erzählt, dass der Alkohol ihn eines Tages umbringen würde. Vielleicht irgendwann, doch heute Nacht hatte er ihm das Leben gerettet.

Die Rote Armee nannte sich nicht wirklich Rote Armee, sondern "R.S.K. - Radikale Stahlinistische Kampfgruppe". Unter der Führung ihres 1. Parteisekretärs Maximuss Damagius, ein ehemaliger stalinistischer Rapper, hatte sie sich aufgemacht, die Feinde der Arbeiterklasse auszulöschen. Der Feind der Arbeiterklasse war ganz einfach jeder oder jede, die nicht ihre Ansichten teilten, also ziemlich alle anderen. Wenn die R.S.K auf die schwarzen Wölfe traf, gab es immer ein Riesenspektakel. Die schwarzen Wölfe waren neofaschistische Wirrköpfe, die sich dem Kampf gegen das Weltjudentum und der Befreiung der Nordischen Rasse aus der Knechtschaft des Kommunismus verschrieben hatten.

Kette dachte nach, was jetzt zu tun war. Erstmal den Verstorbenen die letzte Ehre erweisen und dafür sorgen, dass ihre Habseligkeiten, sofern sie noch nützlich waren, vor dem Verfall bewahrt wurden. Er räumte den Toten die Taschen aus. 'Die haben ja eh nix mehr davon.', dachte er sich. Am Ende saß er mit insgesamt 150 Gramm Gras, 10g Speed und 5g Koks sowie diversen Messern, Pfeffersprays und nietenverzierten Accessoires da. "Ick muss zu Thul", sagte er leise zu sich.

IV

Da sich die Kosten beim Überdachen des Fernsehturms verzehnfacht hätten, hatte man einfach ein Loch in der Decke des Sarkophags gelassen, so dass die Kugel nun 20 Meter über dem neuen Boden schwebte. Durch den Turm bestand eine sichere Verbindung nach unten, weshalb die Städtische Schutztruppe alles im Umkreis von 100 Metern platt machte, um dort ihre Hauptkaserne zu errichten, von der aus sie immer wieder Missionen in die Unterwelt schickte. Unten am alten Fuß des Turms waren Bewegungsmelder, vollautomatische Waffen und Minenfelder dazu da, die Katakombenkrüppel davon abzuhalten, nach oben durchzubrechen. Es gelang ihnen niemals. Niemand konnte die Städtische Schutztruppe überwinden. Sie waren Schild und Schwert des Bürgerpräsidenten im Kampf um eine friedliche Gesellschaft, sie waren das Bollwerk gegen die Barbaren aus der Unterwelt.

Nach dem Yogakurs hatte Isabells Vater ihr geraten, sich mit Edgar an der Hauptkaserne zu treffen und mit ihm den restlichen Tag verbringen, um seine siegreiche Rückkehr von der Mission zu feiern. Sie wartete am Haupttor auf ihn. Er kam in zackigem Schritt und seiner schneidigen Ausgehuniform aus der Empfangsbaracke. Sein Gesicht war haarlos und er hatte ein frisches Pflaster an der linken Wange.

"Was ist passiert?", fragte Isabell.

"Ach nichts, das ist nur ein Kratzer. So ein Gothreak hat versucht, mir das Auge mit seinen Krallenringen auskratzen", sagte Edgar.

"Klingt schlimm, was ist eigentlich ein Gothreak?"

"Das sind irgendwelche irren Katakombenbewohner, die gerne Vampire wären, Blut trinken und sich für was Besseres halten. Die tragen meist unglaublich viel Silberschmuck mit sich herum, so dass es schon wieder wie ein Kettenpanzer wirkt."

"Heißt es nicht, dass die ihre Waffen mit Gift behandeln, so dass nur der kleinste Kratzer tödlich ist?"

"Häufig schon, aber wie du siehst, stehe ich putzmunter vor dir", antwortete Edgar.

Sie hatten mittlerweile den Tiergarten erreicht und bewegten sich auf die Siegessäule zu; währenddessen erzählte Edgar von seiner Mission in den Katakomben. Sie hörte jedoch nur halb hin, da sie mit den ganzen Fachbegriffen, die er benutze, nichts anfangen konnte. Als sie kurz vor dem großen Stern waren, brach fünf Meter vor ihnen der Asphalt auf. Eine Gruppe von Wesen kletterte aus dem Untergrund und begann eine Art Freudentanz.

"Schnell, lauf weg! Das sind Katakombenkrüppel", schrie Edgar und eröffnete sofort das Feuer auf die Wesen.

Isabell versteckte sich hinter einem Baum und sah, wie eins der Wesen, das ungefähr einen Meter groß war und überhaupt nicht gefährlich aussah, mit ausgebreiteten Armen auf Edgar zu lief. Er schoss ihm einmal in den Bauch und einmal in den Kopf. Das Monster brach auf der Stelle tot zusammen. Jetzt kamen aus allen Richtungen Einsatzfahrzeuge der Schutztruppe, kesselten die überraschten Eindringlinge ein und schossen wahllos auf sie.

Bei einem erneuten Blick erkannte Isabell, welch grauenerregende Kreatur Edgar da so heldenhaft niedergestreckt hatte und zwar ein einfach nur sehr schmutziges sechs Jahre altes Mädchen. Isabell schlug sich die Hände vors Gesicht und rannte weg. Plötzlich stolperte sie und erwartete, dass sie sich gleich das neue Leinenkleid am Gras und der Erde ruinieren würde. Doch das war kein Rasen auf den sie fiel, das war gar nichts, nur eine unendlich anmutende Dunkelheit.

V

Thul war ein Metallfreak, ein Bastler, ein irrer Hilfsschlosser. Wenn er ein Stück Stahl zwischen seine stets verbrannten Fingerkuppen bekam, wurde früher oder später etwas Gefährliches daraus. Er bastelte für sein Leben gern. Oft waren es Einzelstücke, selten einfach zu handhaben, meistens schwer und in 100% aller Fälle tödlich, manchmal auch für den Anwender. "Brauchst du eine außergewöhnlich tödliche Waffe, dann geh zu Thul", war eins der geflügelten Worte in Alt-Fhain. Thul hatte sich in einer uralten Halle des Reichsbahnausbesserungswerkes eingenistet.

Als Kette sein Ziel erreichte, sah er aus der Entfernung, wie Thul gerade einen Trupp der Schwarzen Wölfe mit seiner - natürlich selbst gebauten - Gatling-Gun zersägte, während sie zum wahrscheinlich tausendsten Mal versuchten, die Werkstatt im Sturmangriff zu nehmen. Eine Kugel musste Thul doch erwischt haben, denn auf einmal riss sein Sperrfeuer ab. Der einzige überlebende Wolf stürmte vollkommen euphorisiert nach vorn. Er dachte, Thul sei endlich erledigt. Doch plötzlich erwischte er eine Tretmine, die ihn gleichmäßig in der Landschaft verteilte. Die Dinger waren auch aus dem Hause Thul. "Jetzt mit der 5-fachen Sprengkraft normaler Minen", pries Thul sie immer an.

Als Kette die Werkstatt betrat, sah er, wie Thul gerade an der Esse herum werkelte. "Ah, Kette, zaubahaft dit du jerade kommst, ick hab nen paar Uffjaben für dir. Wenn de so nett wärst, mir aus dem Regal mal Suffies Selbstgebrannten rübazubringen", sagte Thul, ohne Kette anzugucken.

Als Kette den Selbstgebrannten brachte, fummelte Thul gerade eine Zange aus seinem Gürtel: "Also Kette, jezze wo ick allet vorbereitet hab wird foljendit passieren: Ick werd' mir diese Flasche Schnaps einflößen, damit ich so hackedicht werde, dit ick nix mehr spüre. Danach hast du foljende Optionen: Erstens, du holst mir mit da Zange dort drüb'n die Kugel aus da Schulta und schließt dann die Wunde mit'm jlühenden Stahl aus da Esse und ick übalebe den Scheiß. Die zweete Option iss wie die erste, nur dit ick dabei druff jehe. Die Dritte iss, dit du nem Rotzbesoffenen zukiekst wia vablutet."

"Wozu hältst'n mir dies'n ellenlangen Vortrach?", fragte Kette.

"Damit du hintaher nich behaupten karghhhhhhhhhhhhhh …"

Der Rest des Satzes ging in einen markerschütternden Schrei über, den man bis Kreuzberg gehört haben musste. Nachdem Kette die Kugel herausgezerrt hatte, verschloss er die Wunde mit dem glühenden Stahl. Nachdem er sie zur Sicherheit noch mal mit dem Schnaps desinfiziert hatte, sah er noch eine schnelle Bewegung im Augenwinkel, dann gingen bei ihm zum zweiten Mal an diesem Tag die Lichter aus.

VI

Edgar wanderte unruhig in seiner Kammer in der Hauptkaserne der Schutztruppe umher. Seit dem Durchbruch an der Siegessäule war Isabell verschwunden, wie vom Erdboden verschluckt. Er wartete seit Stunden auf eine Nachricht von ihr, dass es ihr gut ging. Er hatte auch schon unzählige Male bei ihr zu Hause angerufen, für den Fall, dass ihr Handy aus sei. Sie war sein Expressticket zum gehobenen Dienst. Nie wieder durch die finstere und stinkende Unterwelt kriechen und sich mit irgendwelchen Katakombenkrüppeln herumschlagen. Nein, das wollte er so schnell wie möglich hinter sich bringen. Er schwang sich, im Hof der Hauptkaserne, auf sein Hoverbike und fuhr so schnell er konnte nach Lichterfelde zur Villa des Großkommandanten.

Dort angekommen wurde er so schnell es ging zu Isabells Vater durchgelassen. Bei ihm angekommen schlug er laut hörbar die Hacken zusammen und salutierte: "Heil Großkommandant! Ich wollte mich erkundigen ob sie Neuigkeiten von ihrer Tochter haben."

"Nein, ich habe noch keine. Ich warte ebenfalls auf Neuigkeiten, ich habe eine Hundertschaft abkommandiert, dass sie den Neuen Tiergarten absuchen sollen und mir über egal was sie finden, Bericht erstatten sollen."

In dem Moment klingelte das Interkom, und als der Großkommandant abnahm, erschien auf einem Großbildschirm an der Wand ein Bild von einem Uniformierten: "Heil Großkommandant! Wir haben das Areal abgesucht und bis auf ein paar Kleiderfetzen und ein Loch im Boden nichts gefunden. Wir vermuten, dass die Zielperson durch dieses Loch in die Unterwelt gestürzt ist. Wir haben es versiegeln lassen. Ich schätze für die Zielperson kommt jede Hilfe zu spät."

Nachdem Edgar dies hörte, ging er ein paar Schritte auf Isabells Vater zu und hielt ihm die Hand hin: "Mein herzliches Beileid."

Der Großkommandant lief vor Wut rot an und schrie: "Was fällt ihnen ein, Sie Vollidiot? Wer sind Sie überhaupt, dass sie mich ungefragt ansprechen? Verpissen Sie sich aus meinem Haus oder ich feuere Sie!"

"Ja, aber ich bin doch der Freund Ihrer Tochter." stammelte Edgar.

"Meine Tochter ist tot, Sie Trottel! Wegtreten!" brüllte der Großkommandant.

Auf den Schreck brauchte er erst mal etwas zu trinken. Er fuhr zum Offizierskasino der Hauptkaserne.

VII

Bisher war es immer sein Plan gewesen, seine Tochter mit einem der jungen aber dennoch einflussreichen Offiziere zu verheiraten, um so die gesamte Städtische Schutztruppe hinter sich zu bringen. So wäre es ein leichtes gewesen, die Stadt unter seine Kontrolle zu bekommen. Ein paar Wochen Chaos, und sie würden ihn um den Schutz durch seine Truppen anbetteln, ihm dafür alles geben, was er wollte.

"Noch ist Polen nicht verloren", sagte Heinrich leise zu sich selbst.

"Ich muss das Mitleid, das die anderen für mich haben, ausnutzen. Dann werde ich es auf dem bürokratischen Weg schaffen."

Er rief seinen Sekretär an und teilte ihm mit, dass er ein paar Gesetzesänderungen im Abgeordnetenhaus einbringen würde und er alles dafür vorbereiten solle.

VIII

Die Bewohner von P'Berg hielten sich für kultiviert, da sie eine eigene Kirche hatten, in der Gottesdienste abgehalten wurden und sie sich strikt vegan ernährten. Keine Ratten oder Mäuse landeten auf ihren Tellern. Größtenteils ernährten sie sich von Moosen und Flechten und anderem Gestrüpp, das sie fanden. Sie verabscheuten Gewalt, solange ihr Gott diese nicht guthieß und sie über den Schamanen legitimierte. Eigentlich ein ganz friedliches Völkchen.

Isabell landete auf einem Berg aus Müllsäcken. Von dem Geruch musste sie sich übergeben, was den Umgebungsgeruch nicht im Mindesten beeindruckte. Sie stieg, fiel, schlitterte und kullerte die Deponie herunter.

Am Fuß des Müllberges stand ein in Müllsäcke gekleideter Mensch, der in der Hand einen Holzstab mit einer Klinge am Ende hielt.

"Willkommen beim Stamm der Nachtmenschen, meine Süße. Wir würden uns freuen, wenn du uns als … ähm … beim Essen Gesellschaft leisten würdest", sagte der Mann.

Isabell wusste nicht, wo sie war, noch was hier vor sich ging, aber sie folgte diesem sonderbaren Menschen. Nach einem längeren Fußmarsch kamen sie an einem verwittertem Schild vorbei, auf dem "Prenzlauer Berg" stand. Kurz danach erreichten sie anscheinend die Heimstätte der Nachtmenschen.

Als sie eine Art Dorfplatz, umgeben von mehreren Häusern, erreichten, begann der Mann eine Rede zu halten: "Brüder und Schwestern, unsere Vorfahren erzählten uns von der Lichtwelt. Einer Welt voll der Schönheit des Lichts, wo weder Schmutz noch Elend Fuß fassen können, voll des allgegenwärtigen Überflusses. Sie erzählten ebenfalls davon, dass eines Tages eine Gesandte aus der Lichtwelt zu uns herabsteigen würde, um uns in die gelobten Gefilde zu führen. Heraus aus Dreck und Schmutz. Jetzt ist es so weit, die Gesandte der Lichtwelt ist erschienen. Zum großen Lapau-lapau werden wir sie endgültig in unsere Gemeinschaft aufnehmen."

IX

Kette hielt sich eine kalte Bierflasche auf sein blaues Auge. Nachdem er den Selbstgebrannten abgesetzt hatte, hatte Thul ihn mit einem rechten Haken ins Reich der Träume befördert. Als er wieder aufwachte, schraubte Thul einarmig an seinem Wasseraufbereiter herum.

Es gab zwei Wasserquellen in Altberlin, eine war das Abwasser von Neu-Berlin, die andere waren immer wieder auftauchende Wasserkanister, die aus der Oberwelt geliefert wurden. Wer das gelieferte Wasser trank, wurde sehr schnell apathisch, und - wenn er es dann nicht mehr trank - sehr schnell sehr aggressiv. Einige Chemiecracks in den Marzahner Slums fanden heraus, dass dem Kanisterwasser spezielle Chemikalien beigemischt waren. Sie beschlagnahmten es und verkauften es von da an auf dem Drogenmarkt. Jene, die davon abhängig waren, schlugen sich dafür gegenseitig die Schädel ein und der Rest, abgesehen von den Drogenclans, machte einen großen Bogen um dieses Zeug und begnügte sich mit der trüben Brühe, die da aus ihren Filtern floss.

Bei den meisten waren es nur ein paar Siebe, die das Gröbste herausfilterten. Wer es konnte, kochte es danach noch ab. Nicht so Thul, der war davon besessen und hatte monatelang an seinem Aufbereiter gebastelt. Das Einzige, was aus der Höllenmaschine heraus kam war - Wasser. Kaltes, klares Wasser, keine Farbe, kein Geschmack. Das Ding filterte Wasser aus allem raus, was man Flüssiges rein schüttete. An Thuls zwanzigstem Geburtstag hatte Sense bei seiner Party oben Wodka reingeschüttet, um zu gucken ob da auch nur Wasser rauskam. Am Ende kam auch wirklich alkoholfreier Wodka raus, der Alkohol war nämlich noch in der letzten Filterkammer, über dem Kocher. Das Ergebnis war ein riesige Explosion, die Thuls komplette Werkstatt in die Luft sprengte und ein von Thul halbtot geprügelter Sense.

Kette fragte Thul: "Warum?"

"Darum! Sei froh, dit ick dir keenen Zahn ausjeschlajen hab!"

"Ooch wieda wahr. Und nu?"

"Janz einfach, ick besetze wieder die Jatling und jeb' dir Feuaschutz, während du raus jehst, die fehlnd'n Minen ersetzt, und die Leichen nach Beute durchsuchst", sagte Thul.

"Du hast derzeit nur eenen Arm zur Vafüjung!", erwiderte Kette.

"Na und? Die Jatling hat ja auch nur eenen Abzug", konterte Thul.

"Du weeßt noch, wat passiert is, als du uns dit letzte Mal einarmich Feuaschutz jejeben hast? Du hast uns alle fast abjeknallt, da du die Jatling nich unter Kontrolle hattest."

"Ja, aber heute iss die Situation andas. Die statistische Wahrscheinlichkeit, dit ick heute meene eijenen Leute üban Haufen schieße, ist sehr viel jeringa als damals. Außerdem: Je mehr Gegna dir angreif'n, umso jeringer wird die Chance, dit ick dir treffe."

"Theoretisch", sagte Kette zweifelnd.

"Theoretisch", grinste Thul zurück.

Kette ging zur Tür und wartete, bis Thul das Geschütz feuerbereit hatte. Als er soweit war, schlich Kette so unauffällig wie möglich auf die Freifläche vor Thuls Werkstatt und vergrub als erstes die Mine.

Er wollte gerade eben noch die Erde, mit der er die Mine verborgen hatte, festklopfen, als Thul über den Lautsprecher zu ihm sagte: "Dit iss jezz nich wirklich dein Ernst oda?"

Kette kniete mit hoch erhobenem Spaten, mit dem er ursprünglich die Erde verdichten wollte, und hielt inne: "Jezze wo de dit sachst, nee nich wirklich. Dit jeht immer so uff die Ohan."

Er senke den Spaten.

"Siehste, also räum' de Toten aus und komm zurück!", trieb Thul ihn an.

X

Im Offizierskasino angekommen, setzte sich Edgar an die Bar und bestellte einen doppelten Wodka.

Eine junge Frau setzte sich neben ihn: "Harter Stoff für harte Männer, was?"

"Jopp", sagte er tonlos, ohne sie anzugucken.

"Was würdest du mir empfehlen?", fragte sie und macht eine neckische Drehung auf den Zehenspitzen, die ihren Rocksaum etwas fliegen ließ.

"Likör", sagte Edgar wie aus der Pistole geschossen.

"Hihi, das ist doch ein Alte-Frauen-Getränk, oder nicht?"

"Es ist süß und man kann den ganzen Abend Freude daran haben."

"Na wenn das so ist. Übrigens ich heiße Lilian, aber alle nennen mich Lili. Gibst du mir einen aus?"

"Wie Lili Marlen?"

"Hihi, genau", kicherte sie.

Kurz darauf kamen ihre Getränke, sie stießen an: "Auf unsere siegreichen Schutztruppen."

Nachdem das Kasino dicht gemacht hatte, standen beide vor der Tür.

"Bringst du mich noch nach Hause?", fragte Lili.

"Wo musst du denn hin?"

"Nicht weit, ich muss nur nach Treptow. Kommst du mit?", fragte sie und klimperte mit den Augen.

Sie fuhren mit der S-Bahn und liefen den Rest zu ihrer Wohnung. Als sie an der Haustür ankamen, ließ sie seine Hand los und drehte sich zu ihm um: "Du hast noch so einen weiten Weg zurück zu deiner Kaserne und die Bahn fährt nicht mehr, magst du noch einen Kaffee mit mir trinken?"

XI

Die Limousine des Großkommandanten fuhr mit Blaulicht, Sirene und Höchstgeschwindigkeit zum Tatort. In der Nacht war ein Abgeordneter ermordet worden. Das bedeutete, dass er, der Befehlshaber der Schutztruppen, versagt hatte. Als er am Tatort ankam, war die Spurensicherung schon bei der Arbeit. Was sich ihm darbot war ein Bild der Verwüstung. Überall im Boden und den Wände waren Einschusslöcher. Ein Mitarbeiter der Spurensicherung berichtete, dass der Abgeordnete mit einer bisher unbekannten Waffe aus nächster Nähe erschossen worden war. Ein Motiv sei bislang nicht bekannt. Sicher sei, dass der oder die Täter über die Haustür ohne Gewaltanwendung das Haus betreten hatte. Das Sicherheitssystem sei zu dieser Zeit auf unbekannte Weise deaktiviert worden. Die Nachbarn hatten nichts gehört.

"Den hat man ja geradezu durchsiebt. Hatte er irgendwelche persönlichen Feinde?"

"Sicherlich hatte er welche, nur kennen wir sie noch nicht. Dem Kaliber und der Anzahl der Einschusslöcher nach zu urteilen, wurde er mit einer Maschinenpistole getötet."

"Was für ein tragischer Verlust für unsere schöne Stadt. Aber eine Maschinenpistole macht doch einen unglaublichen Krach. Das hätten die Nachbarn doch hören müssen", sagte Heinrich.

"Kaliber und Schussanzahl sprechen da einen eindeutige Sprache", sagte der Forensiker abschließend.

Weitere Erkenntnisse würde man erst im Laufe der Untersuchungen gewinnen, so dass er sich wieder auf den Weg ins Präsidium machte.

Unterwegs gab er die Anweisung, dass Leutnant Müller "... aufgrund seines unerschütterlichen Mutes im Angesicht des Feindes und seiner felsenfesten Loyalität gegenüber dem Gesetz ..." ab sofort von der 23. Einsatzhundertschaft zur Kripo, genauer dem Morddezernat, versetzt würde und augenblicklich mit den Untersuchungen an dem Mord beginnen sollte.

"Sehen wir mal, was dieser schwanzgesteuerte Halbaffe zustande bringen kann", sagte Heinrich, als er lächelnd aus dem Fenster schaute.

XII

Nachdem die Rede zu Ende war, führte der Häuptling Isabell zu einer Art Sitz, der auf einem Berg aus Schädeln stand.

"Ihhh, was ist das?", fragte Isabell angeekelt den Häuptling.

"Das sind die Gebeine derer, die wir für euch und eure Herren, den Herren des ewigen Lichts, zu Ehren von ihrem unerträglichen Dasein in der Dunkelheit befreit haben", erklärte der Häuptling.

Beim Näherkommen erkannte sie, dass auch der Rest dieses gruseligen Throns aus Knochen bestand. Die Sitzfläche bestand aus mehren Lagen Rippenknochen, die Armlehnen waren, soweit Isabell es ausmachen konnte, aus Ober- und Unterschenkelknochen, und die Rückenlehne setzte sich aus sieben Wirbelsäulen zusammen, an deren oberen Enden noch die Köpfe ihrer Besitzer steckten.

Mit sanftem Druck bugsierte sie ein anderer Mann aus dem Stamm, ein Schamane wie Isabell vermutete, auf den Stuhl: "Wünscht ihr etwas, oh Gesandte des ewigen Lichts?"

"Ich bin völlig erschöpft von dem, was mir widerfahren ist", sagte Isabell.

"Wenn ihr euch ausruhen wollt, wir haben ein Bett für euch vorbereitet, dort könnt ihr euch ausruhen, damit ihr morgen genug Kraft habt und frisch für das große Lapau-lapau seid."

Isabell wurde von einem athletischen Mann begleitet, der ihr als erster Krieger des Stammes vorgestellt worden war. Er solle ihre Leibwache sein und vor ihrer Tür Wache halten.

Vor der Tür verbeugt er sich tief und sagte: "Wenn ihr etwas wünscht, ganz egal was es sei, zögert nicht es mir zu befehlen, oh Gesandte des ewigen Lichts."

"Nein danke, ich will jetzt nur noch schlafen. Gute Nacht."

Das Zimmer, in dem sie schlafen sollte, war mit Kerzen beleuchtet, die komisch rochen, ein wenig wie ranziges Fett. Im Raum stand noch ein von der Decke bis zum Boden reichender Spiegel, der das Licht der Kerzen noch einmal im ganze Raum verteilte und ihn so angenehm hell machte. Als Schlafplatz diente ihr eine Hängematte. Allemal besser, als auf dem dreckigen Boden zu schlafen. Immer wieder bekam sie Mäuse und Ratten zu sehen. In der Hängematte war sie jedoch vor ihnen sicher. Hoffte sie zumindest.

XIII

Als Kette wieder in der sicheren Werkstatt saß und mit Thul weiter daran arbeitete, den Vorrat der selbstgebrauten Plörre, die von den Zwillingen Hopfen und Gerste als Bier verkauft wurde, zu vernichten, kam er auf den eigentlichen Grund seines Kommens zu sprechen: "Eijentlich bin ick jar nich herjekommen um dir Kugeln ausm Arm zu pulen, Tretminen für dir zu vagraben oder Leichen für dir zu fleddan."

"Ick find's trotzdem nett von dir", bedankte sich Thul.

"Nett, is der kleene Bruder von Scheiße", gab Kette zurück.

"Und … hat was … is die Cousine von nett" schloss Thul.

Beide mussten lachen obwohl sie diesen Dialog schon zig mal geführt hatten.

"Was treibt dir eijentlich hier her? Wenn de dir nich jerade mit Klappspaten und Tretmine in de Luft jajen willst?", fragte Thul.

"Die Rote Armee hat dit Chéz Guevara anjegriffen und alle jetötet, die se in die Pfoten bekomm'n ham", antwortete Kette.

"Fuck! Wie hast'n dit übalebt?"

"Schlonz hat mir dit Leben jerettet."

"Wien ditte? Wenn die R.S.K. eenen erst ma uff'm Kieka hat, hilft nur noch sich 'ne eijene Armee zuzulegen. Da kann ooch Schlonz nix jejen tun."

"Schlonz hat mir mal wieda in Grund und Boden jesoffen, so dit ick untam Tisch rumjekomat hab', während die andan um mir herum abjeschlachtet wurden."

"Du hast also untam Tisch jelegen, und se ham dir nich erwischt? Die war'n ooch mal jründlicher, se lassn nach", schloss Thul.

"Danke für dein Mitjefühl, Thul."

"Hey, wat soll ick groß rumtrauan? Ick hab nix davon, du hast nix davon und die Tot'n eh nich. Haste wenigstens nachjeguckt, ob se was Wertvollet hintalassen ham?"

"Nee, nurn üblichen Scheiß."

"Schade. Wat jedenkst du jetzt zu tun, Kette?"

"Jemanden finden, der mehr weeß als icke."

"Na dit iss keene Kunst", frotzelte Thul.

"Und dann? Rinnjehen und alles und jeden platt machen?", setzte er nach.

"Klar und danach jeh ick zu den Kameraden vonne Schwarzen Wölfe und überzeuje se davon, dit der libertäre Kommunismus doch bessa is", sagte Kette.

"Dit will ick sehn, dit kann nur großartich werdn", witzelt Thul.

"Nee zuerst will ick zun andan und Bescheid sajen, dit R.S.K. mal wieder eine ihrer 'Befreiunjskampagnen' jestartet ham", meinte Kette.

"Na, denn mal los, Keule", sagte Thul.

XIV

" … magst du noch einen Kaffee mit mir trinken?", fragte Lili.

"Aber liebend gerne", sagte Edgar und grinste.

Auf dem Weg die Treppe hoch hatte er Zeit, ihr Hinterteil eingehend zu betrachten. Was sich ihm darbot, gefiel ihm außerordentlich. In ihrer Wohnung begleitete Lili ihn ins Wohnzimmer und verschwand in der Küche und bereitete den Kaffee zu. Edgar legte seine Uniformjacke über die Sofalehne, lockerte die Krawatte und streckte sich aus. Als Lili mit dem Kaffee wieder ins Wohnzimmer kam, trug sie eine langen, roten Seidenbademantel.

Nachdem sie den Kaffee abgestellt hatte, sagte sie: "Ich habe passend zum Kaffee noch eine paar Süßigkeiten gefunden."

Mit diesen Worten öffnete sie den Bademantel und ließ ihn zu Boden gleiten. Darunter trug sie schwarze Reizwäsche. Edgars Augen leuchteten, als er das sah. Er hatte schon oft in Zeitschriften knapp bekleidete Damen in Unterwäsche gesehen. Doch bei Lili war es anders. Bei ihr schienen Reizwäsche und Körper eine natürlich gewachsene Einheit zu sein, als seien sie ein Teil ihres Körpers. Er stand auf und nahm sie in die Arme und küsste sie. Sie legte ihre Arme um seinen Hals und drückte sich an ihn, so dass er ihren Busen auf seiner Brust spüren konnte.

"Ich will dich" hauchte sie in sein Ohr.

Sie löste sich von ihm, zog ihm sein Hemd aus und begann, seinen Hals und Oberkörper zu streicheln. Währenddessen versuchte er vergeblich, ihren BH zu öffnen. Was sie zum Kichern brachte und ihn öffnete. Danach fing sie an, an seinem Hals zu knabbern und zu lecken, während er ihren Hintern streichelte und knetete.

Sie versuchte, sein Koppel zu öffnen und scheiterte: "Wie macht man das verfluchte Ding auf?"

Mit eine Handgriff öffnete Edgar das Koppel und die Hosen rutschte herunter. Mit sanftem aber bestimmten Druck dirigierte sie Edgar auf das Sofa und wandte sich seiner Lendengegend zu. Edgar schloss die Augen und kraulte ihren Nacken während einige ihrer Haare auf seinem Bauch kitzelten.

"Keine Zähne, das ist kein Kaugummi", murmelte er.

Sie blickte auf: "Gut, dann nicht. Dann zeig mir, was du mit deinem Polizeiknüppel so alles anstellen kannst."

Sie richtete sich auf, kniete sich auf das Sofa und hockte sich ganz vorsichtig auf ihn. Er merkte, wie er langsam und vorsichtig in sie eindrang. Langsam wurde sie schneller und sie atmeten beide stoßweise. Sie beugte sich vor und küsste ihn lang und ausdauernd. Als sie sich wieder aufrichtete, knetete er ihre Brüste. Er merkte, wie er kam und sie sich zufrieden an ihn kuschelte. Er griff sich seine Jacke und deckte sie damit soweit er konnte zu.

"Wird dein Vorgesetzter nicht fürchterlich wütend wenn du morgen früh nicht in der Kaserne bist?"

"Wenn er hört, warum, dann auf jeden Fall."

Sie küssten sich noch einmal und gingen dann zu Bett.

XV

Heinrichs Pläne stießen von Tag zu Tag auf weniger Widerstand im Abgeordnetenhaus. Was daran lag, dass viele seit dem Mord an einem aus ihrer Mitte eingeschüchtert waren.

Heinrich saß zufrieden bei der Abgeordnetenversammlung und betrachtete, wie seine Bemühungen Früchte trugen.

"Der ehrenwerte Großkommandant hat jetzt das Wort", wurde er angekündigt.

Er trat an das Rednerpult: "Werte Abgeordnete, es sind schwere Zeiten über uns hereingebrochen. Unmoral und Ungehorsam begegnen uns allerorten, Chaos und Terror breiten sich in unseren Straßen aus. Täglich mehr denn je. In unruhigen Zeiten wie diesen brauchen die friedliebenden Bürger unserer Stadt eine starke und unerschütterliche Führung. Um dieser subversiven Elemente habhaft zu werden und den Frieden in unserer schönen, friedlichen Stadt wiederherzustellen und auf lange Zeit zu sichern, benötigt die Schutztruppe mehr Handlungsfreiraum. Mit den derzeitigen Mitteln lassen wir diesen Umstürzlern und Putschisten zu viel Freiheit. Damit wir sie aus ihren Löchern und Verstecken treiben können, muss die Städtische Schutztruppe härter durchgreifen können. Ich bitte sie daher, meinen Gesetzesvorschlag zum totalen Lauschangriff zu unterstützen."

"Ist dieses Abhören von Telefonaten und Abfangen von Kurzmitteilungen nicht ein schwerer Eingriff in die Privatsphäre?"

"Mit Staatsgewalt muss Ordnung geschaffen werden. Einer muss der Bluthund werden. Ich scheue diese Verantwortung nicht."

"Ja, aber über das Telefonnetz werden doch auch intimste Details weitergegeben."

"Genauso werden auch Mordpläne verabredet, wie der an ihrem Kollegen, den wir dadurch nicht verhindern konnten. Wir können uns in Zeiten wie diesen keine Nachsicht mit den Feinden unserer schönen Demokratie leisten."

Als niemand mehr etwas erwiderte verließ Heinrich das Rednerpult und den Sitzungssaal.

Draußen sagte er zu seinem Sekretär: "Haben sie mit Müller alles in die Wege geleitet?"

"Ja. Sobald der Leutnant wieder antritt, wird er durch seinen Vorgesetzten über die Versetzung zum Morddezernat unterrichtet. Das Morddezernat habe ich auch schon von ihrem neuen Mitarbeiter unterrichtet."

"Sehr gut. Alles läuft wie am Schnürchen."

Sie stiegen in die Limousine und fuhren los.

XVI

Isabell wurde unsanft aus der Hängematte und ihrem Schlaf gerissen. Ehe sie richtig wach war, war sie auch schon an eine Eisenstange gefesselt und verschnürt und wurde an dieser nach draußen getragen. Draußen wurde die Stange in den Boden gerammt, dass sie mit den Füßen den Boden berühren konnte. Auf mittlere Entfernung sah sie aus wie ein großer Rollbraten. Auf der Platzmitte brannte ein mächtiges Feuer, das aussah, als ob irgendetwas Riesiges darauf geröstet werden sollte. Die Dorfbewohner hatten anscheinend ihre beste Kleidung angezogen und guckten sie gierig an.

"Was geht hier vor sich?", fragte sie panisch.

Der Häuptling ging zu ihr und sagte: "Ich sagte doch schon bei eurer Ankunft, dass wir euch zum großen Lapau-lapau in unsere Gemeinschaft aufnehmen werden. In diesem Fall ist das wörtlich gemeint."

An seinen Stamm gewandt sagte er: "Töchter und Söhne der unwürdigen Dunkelheit, es ist soweit. Der Moment naht, wo wir die Erlaubnis erhalten, ins Ewige Licht zu ziehen. Jedoch dürfen nur jene ins Ewige Licht, die das Wahrhaft Göttliche in sich tragen. Dies gilt es heute zu erreichen."

"Wollt ihr mich etwa essen?", fragte Isabell.

"Nur wer das Wahrhaft Göttliche in sich trägt, darf ins Licht ziehen, und ihr seid eine Jungfrau aus der Lichtwelt, göttlicher könnten wir es nicht haben", sagte er zu ihr.

"Ich bin aber im August geboren und somit Löwe."

"Unser Medizinmann hat sich gestern Nacht ausgiebig damit auseinander gesetzt und ist zu dem Schluss gekommen, dass ihr Jungfrau seid."

"Ihhh! Dann war das gestern Nacht doch nicht nur ein Traum."

"Wahrscheinlich nicht."

"Und der Leibwächter sollte mich nicht schützen, sondern bewachen?"

"Korrekt, euch und eure Jungfräulichkeit, sonst wäre er ja ein Leibschützer", schloss der Häuptling.

"Söhne und Töchter, bereitet euch auf das letzte Mahl in der Dunkelheit vor. Heute Abend werden wir zusammen mit den Herren des ewigen Lichts speisen."

Der Stamm brach in Freudenschreie aus und der Schamane wetzte seine Ritualmesser.

Auf einmal heulte ein Motor laut auf. Eine Maschinengewehrsalve fegte durch die Reihen der Kannibalen und wütete schrecklich unter ihnen.

"Ihr barbarischen Untermenschen werdet keine unserer Volksgenossinnen fressen!", rief der Fahrer und raste auf den Dorfplatz.

Eine zweite Salve aus dem MG, das an dem Beiwagen befestigt war, vertrieb einen Großteil der Kannibalen, die noch laufen konnten. Einige kamen mit Lanzen und Speeren zurück, um sich zu verteidigen.

Hinter dem Gespann, das zuerst kam, folgte noch eine zwanzigköpfige Gruppe, bewaffnet mit Flammenwerfern und Sturmgewehren, die mit den Rest des Stammes kurzen Prozess machten.

Der Motorradfahrer ging zu einem Mann, der wichtig aussah: "Sieg Heil! Oberfeldwebel Meier, melde gehorsamst Dorfplatz gesichert. Wir konnten eine Geisel des Stammes befreien. Ein Großteil der Kannibalen ist tot, der Rest ist feige geflohen."

"Sehr jut, Feldwebel Froid, sajen sie dem ersten Schützenzuch von Rottenführer Müllner, er soll de Verfoljung uffnehmen. Zeijen se mir mal die Befreite, vielleicht können wa ja wat mit ihr anfangen", sagte der Offizier.

"Wenn der Herr Oberfeldwebel erlauben, mir und den Männer fällt immer etwas ein, was wir mit Weibsbildern anfangen können, für die der Führer keine Verwendung hat", grinste der Feldwebel dreckig und zahnlos.

"Ja ja, Feldwebel, lassn se dit mal'n Führer entscheiden."

Als die beiden Männer bei Isabell ankamen, betrachtet sie der Offizier eingehend, schlug dann die Hacken zusammen und sagte zackig: "Heil Schnitzelgruber! Sie wurden vom 4. Schwadron der 2. Division der sozialistischnationalen V-Macht Abschnitt Prenzlauer Berg befreit."

An den Feldwebel gewandt sagte er: "Froid, se werden zusammen mit Schütze Hinter die junge Dame hier uff kürzestem Weje zu unserem Hauptquartier nach Köpenick jeleiten."

"Herr Oberfeldwebel, der kürzeste Weg führt durch Alt-Fhain, dort kommen wir höchstens mit einer Panzerdivision halbwegs durch. Darf ich für eine solch wichtige Frach ... ähh Person den Umweg über Wedding und Weißensee vorschlagen?"

"Jut mitjedacht, Kamerad"

Der Oberfeldwebel kritzelte währenddessen etwas auf ein Blatt Papier, steckte es in ein Kuvert, verschloss es und überreicht es dem Feldwebel mit den Worten: "Jeben se' dit Kuvert beim Oberst ab, dit enthält ihre Beförderungsempfehlung. Und nu, Abmarsch!"

"Zu Befehl, Herr Oberfeldwebel!", brüllt der Feldwebel.

Er schnitt Isabell los, begleitete sie zum Motorradgespann und half ihr beim Einsteigen. Danach startete er den Motor, und sie fuhren los.

"Es kann ja nur besser werden", sagte Isabell leise zu sich.

XVII

Nach der Errichtung des Betonsarkophags zerfiel Berlin mehr und mehr in Chaos und Terror. Sicher war man nur in größeren Gruppen, weshalb die Menschen sich zu Gangs oder Clans, oder wie sie sich sonst nannten, zusammenschlossen. Eine dieser Gruppierungen was das Kollektiv der K34. Eine ehemalige besetzte Eisfabrik im Zentrums Altberlins diente den Mitgliedern als Heimstatt und Trutzburg. Seit der Errichtung hatten Schwarze Wölfe, R.S.K., das Neuosmanische Reich sowie die Jihad-Union versucht, das Gebäude einzunehmen. Vergeblich. Die Feste war durch Tunnel mit der alten Köpi verbunden, so dass man sich im Ernstfall gegenseitig unterstützen konnte. Die jeweiligen Zugänge zu den Häusern waren schwer befestigt und von bewaffneten Posten bewacht. Die Bauruine östlich der Köpi war nicht mehr zum Wohnen bestimmt; sie war vielmehr eine gigantische Ansammlung von Waffen aller Art. Die Kollektive wurde von Thul mit Waffen versorgt. Im Gegenzug versorgte die weise Frau Aknes Thul mit Schießpulver.

Kette und Thul fuhren in einem selbstgebauten und schwerbewaffneten Lastenrad von Alt-Fhain nach X-Berg zur Feste-K34. Langsam, schwerfällig, aber sicher kamen sie voran.

"Wat jedenkst du jezze zu tun?", fragte Thul.

"Erstma zur K34 und Köpi und kucken wie's da aussieht."

"Du meenst echt, dit dit R.S.K. sich anne K34 und de Köpi ran traut?"

"Nich wirklich, aber man weeß ja nie."

Als sie die Köpi erreichten und die Kneipe betraten, war gerade ein Notfallplenum im Gange.

"Mahlzeit"

"Palim palim", grüßten Kette und Thul.

"Pscht, Plenum!", wurden sie angezischt. Die beiden setzten sich leise und verfolgten das Plenum.

"Die Scherer 8 wurde angegriffen und fast alle Bewohner getötet."

"Weiß jemand, wer es war?"

"Laut dem Bekennerschreiben war es das Neuosmanische Reich."

"Kann man sich da sicher sein? Soweit ich weiß, führen die Schwarzen Wölfe auch mal wieder einen ihrer nationalen Kreuzzüge durch."

"Die Jihad-Union mischt dabei aber auch kräftig mit."

"Was sollen wir jetzt tun?"

"Wir müssen die Torschichten verstärken und uns auf eine eventuelle Belagerung vorbereiten."

"Ähm Leute ...", meldete sich Kette zu Wort, "dit R.S.K. hat dit Chéz Guevara überrannt und im Handstreich erledicht. Also, wenn die Rote Armee sich an euch ranmacht, dann wer'n die sie sich nich uff ne lange Belajerung einrichten. Die wer'n eure Verteidijung kurz und kleen schießen und euch dann im Sturmangriff platt machen."

"Thul, wenn wir dir 5 Leute vorbei schicken, kannst du dann mit der Massenproduktion von Gewehren und Munition beginnen?", fragte jemand, Kette völlig ignorierend.

"Joh, könnt ick machen."

"Gut, wer geht demnächst zu Thuls Werkstatt?"

Niemand meldete sich.

"Leute, wir brauchen jetzt alles, was wir bekommen können".

Noch immer meldet sich niemand.

"Leute, ich weiß der Weg ist gefährlich, aber es muss sein sonst sehen wir im Ernstfall alt aus."

Thul meldete sich: "Besorcht mir 'nen Fahrzeuch und ick setzt euch 'nen paar MGs drauf und zack die Bohne habta 'nen bewaffneten Transporta, mit dem ihr es bis zu meiner Werkstatt schaffen solltet."

Noch immer meldete sich niemand.

"Komm lass jut sein, wir ham Bescheid jesacht. Lass uns abhau'n", sagte Kette.

XVIII

Edgar kam wieder in die Kaserne und betrat das Büro seines Vorgesetzten.

"Herr Oberst, Leutnant Müller meldet sich zurück."

"Sehr schön Müller, packen sie ihre Sachen, räumen sie ihren Spind und geben sie ihre Ausrüstung beim Zeugmeister ab."

"Warum, Herr Oberst?"

"Weil sie ab heute kein Mitglied der 23. Einsatzhundertschaft sind."

"Weil ich zum Zapfenstreich nicht in der Kaserne war Herr Oberst? Ist das nicht ein bisschen übertrieben?"

Der Oberst schaute Edgar an und hob dabei eine Augenbraue.

"Stellen sie etwa meine Befehle in Frage, Müller? Sie sind ab heute kein Mitglied unserer Einheit mehr, da sie auf Anweisung des Großkommanddanten zur Kripo, genauer gesagt zum Morddezernat versetzt wurden. Und jetzt räumen sie ihre Stube. Und zwar Z Z!"

"Was bedeutet Z Z Herr Oberst?"

"Ziemlich zügig. Ab!"

Nachmittags erreichte Edgar das Präsidium, in dem er von nun an arbeiten würde.

"Nie wieder runter in dieses Dreckloch von Altberlin", freute er sich. Er meldete sich bei Hauptkommissar Schmidt und salutierte.

"Herr Hauptkommissar, Leutnant Edgar Müller meldet sich zum Dienst."

Der Kommissar schaute von seinem Kreuzworträtsel auf, nahm einen Schluck Kaffee und betrachtete Edgar eingehend.

"Nee nee nee, wat heutzutage so alles Kommissar werd'n darf. Da frag ick mir doch, warum war ick uff de Akademie. Wozu hab ick jahrelang jebüffelt, jemacht und jetan?"

"Herr Hauptkommissar, ich bitte um Entschuldigung, aber ich verstehe nicht ‚was sie meinen."

"Dit war mir schon irjendwie klar. So jetzt entspannts de dir ma, hockst dir darüben hin und machst ma Frühstückspause. Wir sind hier nicht bei de Leuteschinder von de Knüppelgarden."

"Aber Herr Hauptkommissar, mir wurde gesagt, dass Ermittlungen anstehen."

"Erstma heeß icke Alfred, ick hab ooch nen Namen, so isset ja nun nicht, und keene Angst, die Arbeit rennt nich wech, wäre ja ooch zu schön."

"Gut, was tun wir wenn die Frühstückspause zu Ende ist, Herr Schmidt?"

"Janz einfach, wir warten uff den großen Zampano, dassa hier vorbeikiekt und uns nen bissl wat erzählt. Bisher wissen wa ja nur, dass da irjendwo nen Abjeordneter umjenietet wurde, und selbst dit wees ick nur, weil icks im Fernsehn jesehen habe. Kaffe iss, wenn de willst, da drüben. Aba so wie du hier rumzappelst, würde ich dir eher Baldrian empfehlen."

"Ein Abgeordneter? Aber sollten wir bei so einem prominenten Opfer nicht sofort mit den Ermittlungen beginnen, Beweise sichern, Verdächtige verhaften."

"Aha, wat denkste, wofür wa hier ne Spurensicherung und ne Pathologie haben? Und welche Verdächtigen willste denn hopps nehmen? Den letzten Mord gabs hier vor 30 Jahren, und dit war nen Selbstmord, den Akten nach zu urteilen."

Edgar setzte sich und trommelte mit den Fingern an der Tischkante.

Hauptkommissar Schmidt schaute auf: "Junge, du nervst mir mit dem Jetrommele, und wennde nich uffhörst, wirst du der zweete Mordfall seit 30 Jahren sein, nur mit dem Unterschied das ick nicht groß rumermitteln muss, sondern nur mir selba vahaften muss. Also entspann dir und vor allem, halt de Pfot'n still!"

XIX

Heinrich betrat das Präsidium und ließ sich zu Hauptkommissar Schmidt und Edgar führen. Als er das Büro betrat, saß der Hauptkommissar Pfeife rauchend am Schreibtisch über einem Kreuzworträtsel. Edgar saß an seinem Platz und las hochkonzentriert ein Buch mit dem Titel: "Diensthandbuch der Kriminalpolizei – Morddezernat".

Heinrich runzelte die Stirn, als er das sah.

"Ick hab ihm jeraten er sol erstmal mit 'Tim und Struppi' oder 'TKKG' anfangen, bevor er sich mit sowat kompliziertem abjibt, da sind immerhin viele bunte Bilder drinne, und der Text iss schön einfach, keene Fremdwörta und so. Aber nee, er meent, dass er gleich mit Volljass lolejen muss und nu' kocht ihm dit knuffige kleene Resthirn", sagte Hauptkommissar Schmidt.

"Na das zeigt doch Einsatzwillen, soviel Elan ist doch lobenswert. Hauptkommissar, soweit ich weiß, haben sie in den letzten fünfzehn Jahren keinen einzigen Mordfall geklärt."

"Dit liegt aba ooch daran, dassit in den letzten fuffzehn Jahr'n, die ick hier rumeiere, keener umjebracht wurde. Dit also einfach keene Fälle jab."

"Hauptkommissar Schmidt, es liegt in Ihrem Interesse, dass dieser abscheuliche Mord schnellstmöglich aufgeklärt wird."

"Würde ick ja, wenn se mir nicht befohln hättn, hier uff Sie und Rambo Junior zu warten."

"Wollen sie mir etwa unterstellen … ?"

"Na ja, so eem hohet Tier wie se sind, da kann man ihnen ja nur schwer wat übastellen."

Heinrich schwieg und knirschte mit den Zähnen.

"Sehen Sie zu, dass wir die Schuldigen zur Rechenschaft ziehen. Sonst werde ich Sie zur Rechenschaft ziehen."

"Da bin ick mir sicher dass se dit machen werden."

"Seien Sie vorsichtig Hauptkommissar Schmidt, Sie wandeln auf verdammt dünnen Eis, und es herrscht gerade Tauwetter. Ich habe gehört, dass bei den Einsatzhundertschaften gerade wieder eine Stelle frei geworden ist."

Heinrich schaute zu Edgar, der wie von der Tarantel gestochen hochschoss und Haltung annahm.

"Herr Großkommandant wünschen?", sagte er und starrte geradeaus.

"So lob ich mir das, immer bereit und voller Diensteifer."

"Ja ja, geistig flink wie'n Kieselstein, im Kopp hart wie Knete, und dumm wie Leder."

"Na, dann wünsche ich ihnen ein raschen und schnellen Fahndungserfolg."

"Ja, wonach sollen wa denn fahnden?"

"Na, nach dem Täter."

"Ick dachte, das se uns wat über den Täter erzählen wollen."

"Ha ha ha! Sehe ich etwa aus wie die Spurensicherung? Was denken sie, wofür wir die Forensik haben?"

XX

Die R.S.K. hatte ihr Hauptquartier in Karlshorst in einer alten Kaserne der G.S.S.D., der Sowjet-Armee aus dem Kalten Krieg. Von dort aus lieferte sie sich immer wieder kleinere Gefechte mit den Schwarzen Wölfen. Das Hauptschlachtfeld jedoch lag im Tee-Garten westlich der alten Berliner Mauer. Die R.S.K. wollte, um ihre Überlegenheit zu demonstrieren, wie ihr großes Vorbild, die Rote Armee des Zweiten Weltkriegs, das Reichstagsgebäude besetzten und ihre Fahne oben hissen. Im Gegenzug wollten die Schwarzen Wölfe, um ihre Überlegenheit zu zeigen, die Ruine des Kanzleramtes, das sie als ganz neue Reichskanzlei bezeichneten, einnehmen.

Ratternd und rumpelnd fuhren Isabell und Feldwebel Froid in dem alten Motorradgespann, begleitet durch Schütze Hinter, durch Weißensee. Durch den Motorlärm war eine Unterhaltung unmöglich. Als sie gerade in die alte Langhansstraße einbogen, sahen sie, dass auf der Straße ein Auto quer gestellt war. Plötzlich blitze und knallte es schnell hintereinander, und der Feldwebel sackte zusammen. Das Motorrad kam von der Straße ab und rollte gegen eine Mülltonne. Schütze Hinter war wieder auf die Beine gekommen und hinter der Mülltonne in Deckung gegangen. Und erwiderte das Feuer, bis auch er durch einen Treffer tot zusammensackte.

Vorsichtig und stets Deckung suchend kam ein Mann mit einem Gewehr auf das Motorrad, in dem Isabell immer noch wie paralysiert saß, zu. Sie musterte den Mann ängstlich. Er war gut zwei Meter groß und breitschulterig gebaut. In den Händen hielt er eine Kalaschnikow.

"Guten Tag Genossin, mein Name ist Kommissar Juri Ursow vom R.S.K., meine Freunde nennen mich Bär".

'Wie passend.', dachte Isabell.

"Ich würde mich freuen, wenn Sie mich begleiten würden."

Seine Worte waren freundlich, jedoch drückte seine ganze Person und Haltung aus, dass er ein 'Nein' mit einer Patrone aus seinem Gewehr erwidern würde. Sie gingen los.

"Welche Rolle haben Sie mir zugedacht?"

"Sie werden zum Wohle der Arbeiterklasse in unserem Kollektiv dienen, sowie die Arbeiterklasse Ihnen zu ihrem Wohl dienen wird."

"Und wo werde ich der Arbeiterklasse dienen?"

"Entweder als persönliche Assistentin des Parteisekretärs oder im Offizierscasino."

"Welcher Parteisekretär?"

"Maximus Damagius, der Gründer der R.S.K."

"Die R.S.K.? Was soll das denn sein?"

"Die Radikal-Stahlinistische Kampfgruppe, Speerspitze der kommunistischen Weltrevolution."

"Speerspitze der kommunistischen was?"

"Welt-revo-lution. Wir werden die proletarische Klasse in einer weltweiten Revolution vereinen und vom Joch des Kapitals und der Bedrohung der mordenden Faschisten befreien."

"Aha, und diese Revolution soll hier beginnen? Unter tausenden Tonnen Stahl und Beton?"

"Können Sie sich einen besseren Kommandobunker vorstellen?"

"Nein. Was ist, wenn ich nicht mitmachen will bei Ihrer tollen Weltrevolution?"

"Dann werden Sie als Feindin der arbeitenden Klasse zur Rechenschaft gezogen."

"Und was mache ich, wenn ich mich in den Dienst der Arbeiterklasse stelle?"

"Sie werden wahrscheinlich für das leibliche Wohl des Parteisekretärs zuständig sein."

Isabell schaute ängstlich.

"Keine Angst, der Genosse Parteisekretär herrscht zwar mit starker Hand, kann aber auch sehr zärtlich sein. Ich eskortiere Sie zu unserem Außenposten in Alt-Fhain."

Sie gingen schweigend weiter. Als sie, wie es ihr schien, nach stundenlangem Fußmarsch, ein Schild mit der verwitterten Aufschrift "Friedrichshain" passierten, wurde der Kommissar merklich nervöser. Er ging von einer selbstbewussten aufrechten zu einer geduckten umsichtigen Gangart über. Er spähte vorsichtig um die

Ecken, um sicher zu gehen, dass ihn niemand überrumpeln konnte. Plötzlich klimperte und schepperte es von einer Seitenstraße her. Sie sah einen komischen Kauz mit Glatze, der unzählige Werkzeuge am Gürtel und seiner restlichen Kleidung rumschleppte, den Gehweg entlang kommen.

Juri Ursow bemerkte ihn und richtet seine Waffe auf ihn: "Halt, stehen bleiben! Im Namen des Parteisekretärs, Freund oder Feind? Wer bist du?"

Der Mann blieb stehen und hob beschwichtigend die Hände: "Hey hey, ganz ruhig bleiben, ich tu doch gar nix."

"Ich wiederhole mich ungern. Freund oder Feind?"

"Ick weeß ja nich mal, wer du bist?"

"Ich bin Juri Ursow, Kommissar der Radikalen Stahlinistischen Kampfgr …"

Plötzlich sackte der Riese in sich zusammen und kippte nach vorn über. Hinter ihm stand ein komischer Typ, buntes Haar zu einem schmalen Streifen rasiert und hoch aufgestellt. Er hielt ein schweres Stahlrohr in der Hand, mit dem er den Kommissar niedergeschlagen hatte, er ging auf Isabell zu.

"Hey, alles ok bei dir?", fragte er sie.

"Oh ja, danke für deine flinke Reaktion, das war großartig", sagte der andere.

Isabell guckte den Verrückten mit dem Stahlrohr mit großen Augen an und fing an zu schreien: "Was seid ihr? Kommunisten? Faschisten? Monarchisten? Was wollt ihr von mir? Auch wieder nur, dass ich die Beine für euch breit mache? Lasst mich in Ruhe! Ich will hier weg! Fasst mich nicht an! Geht weg!..."

Von hinten tippte ihr jemand auf die Schulter und sie drehte sich um Sie sah noch eine Metallfaust auf sich zurasen und ging K.O.

XXI

Nachdem die Oberschicht und die Sicherheitsorgane sich vor einem halben Jahrhundert an die Oberfläche zurückgezogen hatten, zeigte sich das wahre Gesicht der Krone der Schöpfung: Die Stärkeren fraßen die Schwächeren. Einige meinten am Anfang noch, dass man jetzt, wo die Staatsmacht nicht mehr da sei, endlich in Frieden und Ruhe eine neue, bessere Gesellschaft ohne Streit und Gewalt aufbauen könne. Andere begannen, sobald die Polizei abwesend war, intensiv zu plündern und riesige Waffenlager anzulegen, um sich auf die kommenden Unruhen vorzubereiten. Keine drei Monate später herrschte in Altberlin der Kommunismus. Nicht nach Marx, Engels, Lenin oder wie sie sonst noch alle hießen, es war eine neue Form des Kommunismus, Kommune gegen Kommune, der totale Krieg.

Was die Nazis in sechs Jahren mittels einer ganzen Armee und einem Weltkrieg nicht geschafft hatten, hatte die Berliner Regierung in einem Jahr und mit nur zweihundert Baufirmen geschafft. Einzelkämpfer hatten kaum eine Chance, es sei denn, sie waren verdammte Spezialisten im Verstecken oder im Guerillakampf. Die größeren Gruppen hatten sich in den leerstehenden Gebäuden verschanzt und diese mit der Zeit zu wahren Festungen ausgebaut, in denen sie hofften, größere Angriffe anderer Gruppen aussitzen zu können. Mit dem Auftauchen der Schwarzen Wölfe und der R.S.K. hatten dann auch die größten Pazifisten mit dem Töten angefangen.

Kette starrte Thul, der mit einem mittelalterlichen anmutenden Metallhandschuh das Mädchen niedergeschlagen hatte, verwundert an, "Woher … ähh, nee. Warum … ist ooch klar. Wieso … ach ist doch ooch egal."

"Aus meena Werkstatt. Weil ick so wat kann und weil ick so wat imma schon hab'n wollte", antwortete Thul.

"War ja irjendwie klar."

"Ick nenn'se ooch die Panzafaust."

Sie standen neben dem Mädchen, das Thul so unsanft ruhig gestellt hatte.

"Und nu? Wat stell'n wa mit ihr an?"

"Wir könn se ja hier schlecht liejen lass'n."

"Theoretisch schon."

"Ja aba kannste dit mit deim Jewissen vaeinbaren?"

"Schwerlich, also los, wir wechseln uns beim Trajen ab."

Kette legt sich das Mädchen über die Schulter, und sie gingen los. Als sie bei Thuls Werkstatt ankamen, sahen sie die verstreuten Überreste eines Sturmtrupps der R.S.K., der zwischen und in den Krater der detonierten Tretminen lag.

"Werd'n se dit denn nie lern'? Wir legen Madame erst mal in die Werkstatt und ick jeh dann erst mal meinen 'Vorjarten' wieder herrichten", seufzte Thul, der gerade das Mädchen trug.

Sie legten Isabell auf eine der Werkbänke, Thul schnappte sich eine Schaufel und ein paar Minen und ging raus. Kette suchte eine Decke und einen halbvollen Müllsack, die weichsten Gegenstände, die er finden konnte, und deckte das Mädchen zu. Danach ging zur Gatling-Gun um Thul, der jetzt Minen vergrub, Feuerschutz zu geben.

Als sie fertig waren, setzten sie sich in die Werkstatt.

"Wat soll'n wir mit ihr anstellen?"

"Keene Ahnung, vielleicht könn' ihr de Leute aus da Eisfabrik oda Köpi helfen."

Sie betrachteten das schlafende Mädchen.

"Lass una erst ma' abwart'n, ob se übahaupt noch uffwacht. Du hast ja bekanntlicherweise bei fremden Menschen dit Feinjefühl vonna Planierraupe."

"Hey hey hey, sie atmet noch."

"Ja, noch …"

"Lass uns ihrm Beispiel foljen", sagte Kette und gähnte.

"Soll ick dir ooch K.O. schlajen?", fragte Thul grinsend.

"Neen ick meente, dit wir penn sollt'n."

"Tu dit, ick halte die erste Wache."

XXII

Hauptkommissar Schmidt und Edgar gingen durch die gefliesten Flure der zentralen Leichenhalle.

"Saal 403 soll der jute Mann liejen, ham se jesacht. Na, mal kucken, wat der Jute für ne Befindlichkeitsstörung hat."

"Herr Hauptkommissar, das ist aber sehr pietätlos, den Tod als Befindlichkeitsstörung zu bezeichnen", protestierte Edgar mit belegter Stimme, während sie Saal 403 betraten.

"Oder was sagen sie dazu, Frau Professor?", fragte er an die Pathologin gewandt.

Sie drehte sich um, stemmte die Hände mit den Handflächen nach außen in die Hüften und guckte böse: "Erstma heißt dit: 'Juten Tach, dürfen wa rein komm'n'! Ick platz' ja ooch nich ohne Begrüssung in eua Büro."

"Ich wünsche Ihnen einen überirdisch zauberhaften Tag, hoch verehrte Vertreterin der Zunft der Leichenöffner, Frau Doktor Bissmeyer. Ich würde mich über alle

Maßen freuen, in Ihre heiligen Hallen der postmortalen Investigation eintreten zu dürfen, um den neuesten Erkenntnissen aus Thanatos Reich gebannt und voller Ehrfurcht lauschen zu dürfen", sagte Hauptkommissar Schmidt überschwänglich und verbeugte sich dabei.

"Wenn se sooo ehrfürchtich frajen, sei et ihnen jestattet."

Edgar setzte an: "Dürfte ich ebenfalls um Einlass in die Hallen der Finsternis bitten, um gleichfalls in die dunklen Geheimnisse der Unterwelt eingewies ..."

"Nur wennde de Klappe hält und nix anfasst", schnitt die Pathologin ihm das Wort ab.

Leise sagte sie zu Hauptkommissar Schmidt: "Warum ooch immer du'n neuet Haustier hast, iss mir so ziemlich ejal, Alfred, aber warum musste dit hier mit her bringen?"

"Dit hab ick mir nich zujelecht, den hat mir der große Zampano ans Schienbeen jenajelt. Der war früha bei der 23. Knüppelbrijade", flüsterte er.

Laut und deutllich fragte er: "Wat könnse uns üba den Toten sajen, Frau Doktor?"

"Dit Opfa wurde aus nächsta Nähe mit nem Schuss in den Kopf jetötet. Die Spurensicherung teilte mir mit, dasse een Projektil Kaliber 9mm Makarow jefunden hab'n. Diese Waffe jibet unzählije Male in Berlin."

"Aber solche Schusswaffen sind doch allgemein verboten", sagte Edgar verwundert.

Die Pathologin verdrehte die Augen: "Welchet Kaliba hat ihre Dienstwaffe, Herr Kommissar?"

"Ich habe derzeit gar keine, wie mir auffällt."

"Dit iss wahrscheinlich ooch bessa so. Wenn se eene hättn, wovor uns höhere Mächte bewahren möjen, hätte se Kaliba 9mm Makarow."

Zum Hauptkommissar sagte sie etwas leiser: "Seit wann issa bei dir?"

"Seit heute Morjen."

"Na wenna erst jezze merkt, dassa noch keene Knarre hat, ist er nich grad vonna schnellen Sorte. Mit dem kannste ja geistig gleich in Bleischuhen joggen jehen."

"Meen Reden, meen Reden, wenn du ihm den Bericht vorlegst dann hätten wa nen paar Minuten für uns, wennde magst."

"Der Bericht iss noch nich fertich."

"Dann jib ihm doch nen anderen. Ick gloob wir sind uns darin einig, dassa den sowieso nicht kapiern wird."

"Naja, wenna dann erst mal de Schnauze hält, dann jeb ick ihm die Fälle der letzten hundert Jahre. Ick hol schnell nen Bericht für dein Einzeller und du verdünnisiert dir zu de Kühlfächer, allet klar?"

"Jeht klar, meene Große."

Die Pathologin gab Edgar einen Bericht, auf den er sich begierig stürzte. Als sie sicher war, dass er im Übereifer seine Umwelt komplett ausgeblendet hatte, ging sie zu den Kühlfächern.

Hauptkommissar Schmidt wartete schon auf sie, als sie auf ihn zu kam, nahm er sie in den Arm: "Sehn wa uns heut' abend?"

"Nur wenn de dein Haustier wechsperrst."

"Ick geb ihm nen Zettel, den ick uff beeden Seiten mit 'Bitte wenden!' beschrifte. Damit sollta ne Weile beschäfticht sein."

"Einvastanden. Dann zum Abendessen bei dir."

"Jut. Ick koch dit Hauptjericht, du stellst'n Nachtisch."

"Irjendwelche Wünsche?"

"Wat rotet wär chic, und nich zuviel."

"Und wenn du mir nen Berlina-Acht-Jänge-Menu vorsetzt, dann jibts keenen Nachtisch."

"Berlina-Acht-Jänge-Menu? Wattn ditte?"

"Currywurst, Pommes-Rot-Weiß und nen Sechserträga Bier."

"Na da mach dir mal keen Kopp. Jibt lecka Bratwurst mit ner ordentlichen Soße."

"So iss fein", sagte sie, tippte ihm sanft auf die Nase und löste sich aus seinen Armen.

"So, nu sammel mal dein Haustier ein, eh dit mir noch in de Ecke macht. Ick wünsch euch zwee Hübschen noch nen feinen Tach."

"Du schaffst dit imma wieda, unglaublich fille Ironie in unglaublich kurze Sätze zu vapacken", verabschiedete sich Hauptkommissar Schmidt.

Er ging zu Edgar und sagte: "Punkt Eens: dit Schwarze iss de Schrift und Punkt Zwee iss: du hälst dit verkehrt rum"

Danach nahm ihm den falschen Bericht weg und schleifte ihn zur Tür.

XXIII

Der Bezirksabgeordnete von Friedrichshain, irgendein abgeranzter grüner Althippie, hatte Heinrich zu einer Tasse Tee und einem Gespräch wegen der Sicherheitslage in Neuberlin eingeladen.

Heinrich saß im Wohnzimmer des Abgeordneten, das zu einem 200 Quadratmeter großen Carloft am Volkspark Friedrichshain gehörte. Der Abgeordnete Stefan Cristiansen brachte gerade zwei leere Tassen herein und stellte sie vor Heinrich auf den Couchtisch.

"Also, Herr Stürmer, warum meinen sie, ist es hilfreich, alle Telefonate und Kurzmitteilungen mitzuschneiden und zu überprüfen?"

Als er wieder in der Küche verschwand, antwortete Heinrich laut, so dass Cristiansen es in der Küche hören konnte: "Es ist unabdingbar, dass wir die Kommunikationswege dieser Terroristen überwachen, um solchen Tragödien wie der mit Ihrem Kollegen vorzubeugen."

Währenddessen nahm sich Heinrich die Tassen und rubbelte jeweils am oberen Rand, um sie ein bisschen sauberer zu bekommen. Cristiansen kam mit dem Tee zurück und schenkte ein.

"Ja, aber was ist, wenn sie diese Wege gar nicht nutzen? Wenn sie mittels eines alternativen Systems kommunizieren? Viele Alternative sind ja auch gegen den Staat."

"Meine Zivilbeamten überwachen alle wichtigen Treffpunkte und Einrichtungen."

"Was ist, wenn sie auch diese Plätze und Orte meiden? Ja woher wollen Sie denn überhaupt wissen, aus welcher Richtung der Angriff kommt?"

"Ach, jetzt werden sie doch nicht albern, Herr Cristiansen. Woher sonst, außer von diesen linksradikalen Kommunismus-Terroristen, soll denn dieser Anschlag kommen?"

"Von erzkonservativen Rechtsradikalen und Neonazis?"

"Was sie dabei vergessen Herr Cristiansen ist, dass vor über 30 Jahren die NAPD aufgelöst wurde, und die Neonazis alle wieder erfolgreich in die Gesellschaft integriert."

"Ja ja, vor allem in die Polizei", murmelte der Abgeordnete, eher zu sich als zu Heinrich.

"Wie bitte, Herr Cristiansen?", fragte Heinrich.

"Nichts, nichts, Herr Großkommandant."

"Sie sehen es doch tagtäglich selbst, überall greift die Randale um sich- Öffentliches Eigentum wird beschädigt und zerstört. Polizeibeamte werden in Hinterhalte gelockt und schwer verletzt."

Der Abgeordnete öffnete seinen Hemdkragen ein wenig, Schweiß stand ihm auf der Stirn.

"Alles in Ordnung, Herr Cristiansen?", erkundigte sich Heinrich.

"Ja ja, Herr Stürmer, alles ist gut. Mir ist nur ein bisschen heiß und unwohl."

"Egal, zurück zum Thema. Meines Wissens nach verletzte sich der letzte Beamte, als er mit dem Dienstfahrzeug in der Kaserne gegen eine Wand gefahren ist, und der letzte Angriff, den es auf einen ihrer Untergebenen gab, wurde nicht von Bürgern unserer schönen Stadt verübt, sondern von Katakombenkrüppeln. Vor denen uns ja Ihre großartigen Schutztruppen beschützen sollen."

"Machen sie bitte nicht die Arbeit, unserer Einsatzhundertschaften schlecht, sie kämpfen alle für unsere Freiheit und Demokratie."

Plötzlich griff Cristiansen sich ruckartig an den Hals, atmete stoßweise und würgte.

Heinrich stutze kurz: "Ist ihnen nicht gut?"

Cristiansen lag auf dem Boden, krampfte, war blau angelaufen und hatte Schaum vor dem Mund. Heinrich stürzte zum Telefon und rief den Notarzt. Während er an der Tür auf den Krankenwagen wartete, spürte er, wie sich ihm die Brust zuschnürte und er nur noch sehr schlecht Luft bekam. Er lehnte sich gegen die Wand und bemerkte, dass er mittlerweile alles verschwommen sah. Langsam rutschte er mit dem Rücken an der Wand herunter. Mittlerweile war auch sein Gehör betroffen, denn er hörte alles nur noch wie durch Watte. Das letzte, was er noch wie durch einen Schleier mitbekam bekam, war etwas, das wie ein Martinshorn klang und wie ein verschwommener roter Fleck auf ihn zu kam, ihn ansprach und an der Schulter anfasste. Danach wurde es dunkel um ihn herum.

XXIV

Als grelles Licht in ihr Gesicht schien, erwachte Isabell, sie lag auf einer Bank in einer Werkstatt. Weiter hinten in einer verglasten Kanzel saß ein Mann und döste in einem Sessel. Als Isabell langsam und leise aufstehen wollte, trat sie in etwas Weiches.

"Arghhhhhh", schrie das Bündel auf dem Boden vor dem Tisch, in das sie getreten war.

Der Mann im Stuhl schreckte hoch und fuhr herum. Der am Boden liegende packte Isabell am Bein und riss sie zu Boden. Im Fallen stieß sie mit dem Kopf gegen eine andere Werkbank und stieß sich den Ellenbogen an einer der offen stehenden Schubladen. Für kurze Zeit tanzten Sterne vor ihren Augen. Der erste Mann stand auf und hielt sich die Seite, in die Isabell getreten war.

Der andere kam zu ihnen und guckte die beiden an: "Allet okay, Keule?"

Isabell rappelte sich zitternd auf und fragte: "Wer seid ihr, und was wollt ihr von mir?"

"Zu alla erst wär mal nen Name nich schlecht", sagte der Mann mit den Werkzeugen.

"Na dann nenne ich dich Thomas …", sagte sie und zeigte auf den mit den ganzen Werkzeugen, "und dich Andrew", zeigte dabei auf den Mann mit den Ketten am Gürtel, der sich noch immer am Boden krümmte.

"Nee nich für uns, sondan dein' Namen", sagte der mit den Werkzeugen.

"Ach so, ich heiße Isabell."

"Na, jeht doch, ick heiß' Thul. Und den da unten nennse Kette", sagte er.

"Bin ich jetzt eure Gefangene?"

"Nee, warum ooch, was solln wan mit dir anstelln?"

"Versklaven? Verkaufen? Vergewaltigen? Aufressen?"

"Ok, wir lebn hier unten zwar nich jerade im Übafluss aber soweit jehn wa dann doch nich. Mensch'n futtern? Sehen wa aus wie de Kannibalenvejaner ausm P'Berg?"

"Wie bitte?"

"Kannibalenvejaner ausm P'Berg", sagte Kette, der sich jetzt aufgerappelt hatte.

"Die, die sich Müllsäcke anziehen und Jungfrauen verspeisen wollen?"

"Dit mit den Jungfraun iss hier eha selten, aba ansonsten jenau die. Ok, da wa nich die christliche Wohlfahrt sind, kommt jezze eene für uns üba aus interessante Fraje. Wat kannste ?", fragte Thul.

"Ähm, ich kann Yoga und Ballett, ich spreche fließend Französisch, ich kann Ikebana, ich studiere gerade Modedesign, engagiere mich in der Antikriegsbewegung, bin Mitglied bei Peta und ich kann reiten, malen, singen und mache Kunstturnen", antwortete Isabell.

"Na super, ne singende Hupfdohle, die nich ma jagen kann und kämpfen nich mag." fasste Kette zusammen.

"Ich schätze, wennse 'nen Nagel in die Wand schlagen will, holt sie erst mal 'ne Bohrmaschine", setzte Thul nach.

"Und was könnt ihr bitte so tolles?", fragte Isabell trotzig.

"Feiln, nich nur die Fingernägel, Bohren, Schweißen, Bördeln, Schweifen, Löten und weetere Metallbearbeitung und Konstruktion", antwortete Thul.

"Uffklärung, Hintahalte stellen, Materialbesorjung, asymmetrische Kriegsführung, Schanzarbeiten, Festungsbau, Jeiselbefreiung, Fechten, Attentate, aktive Sterbehilfe und postnatale Abtreibung", sagte Kette.

"Ihr seid kulturlose, grausame, menschenverachtende Barbaren", sagte Isabell.

"Jo, da haste Recht, aber dit wichtichste haste vajessen, meene Liebe. Wir sind lebendije, kulturlose, grausame und menschenvaachtende Babaren", grinste Kette sie an.

"Mit Friede, Freunde, Eierkuchen und Plenumse zu jem Scheiss kommste hier nich weit. Dit iss hier in Altberlin dit Expressticket in de Jrube", sagte Thul.

"Was macht ihr hier unten eigentlich? Es wimmelt doch hier unten nur so von Monstern, Katakombenkrüppeln und anderen Mutanten", sagte Isabell.

"Monsta?", fragte Kette.

"Katakomben wat?", fragte Thul.

"Na, uns erzählt man, dass hier unten nur schreckliche Katakombenkrüppel und andere Mutationen hausen. Und das die Städtische Schutztruppe uns davor beschützt."

"Naja, Krüppel jibts hier schon nen paar, spätestens seit Thul Minen herstellt", sinnierte Kette.

"Aber wat solln Mutationen sein?"

"Na, Menschen, die durch dauerhafte genetische Veränderung sich anders entwickeln."

"Hä?", fragten Kette und Thul im Chor.

"Naja, zum Beispiel wenn Menschen eine dritte Brustwarze haben, zum Beispiel", sagte Isabell.

"Ach. so Missjeburten. Ja, die gibts hier ab und zu, meistens bei de Wölfe. Die sind ja absolut bemüht, ihr Blut 'rein' zuhalten und so. Deshalb sind da alle mit einander verwandt."

"Inzest?", fragte Isabell nach.

"Wenn dit heißt, dit der Vater mit der Tochta, die Mudda mit'm Sohn und der Bruder mit der Schwester schläft, denn – ja", erklärte Thul.

"Igitt, das ist ja widerlich."

"Wir ham nie wat anderet behauptet", sagte Kette.

"Also was macht ihr hier unten denn nun?", fragte Isabell noch einmal.

"Leben, janz einfach", kam es von Thul.

"Das ist doch kein Leben hier", sagte Isabell zeigt auf die Werkstatt um sich herum.

"Wie willstn dit dann nenn'?"

"Tot sind wa jedenfalls nich. Sind wa jezz untot?", fragte Kette.

"Es ist ein jämmerliches Dasein das ihr hier führt."

"Also jämmerlich iss anders, find ick. Ick bin meen eijener Herr und keener kann mir wat vorschreiben. Ick find dit großartich", sagte Thul.

"Ihr lebt im ständigen Kriegszustand. Mein Gott. du schläfst mit einem Maschinengewehr als Kopfkissen. Wann habt ihr das letzte Mal in einem Bett gelegen? Oder die Sonne genossen? Wann seid ihr über eine grüne Wiese gelaufen? Könnt ihr mir das sagen?"

Kette und Thul gucken sie blöde an.

"Halt Abstand, die redet wirr", flüsterte Kette verschwörerisch zu Thul.

"Vielleicht hatse Fiebafantasien, oder ick hab jestern doch zu fest zujehauen?", flüsterte dieser zurück.

"Wat solln diese Sonne sein? Oda, ne Wiese?", fragte Kette.

Jetzt war Isabell dran mit blöde gucken.

XXV

Der Falke war einer der erfolgreichsten Heckenschützen von Altberlin. Er hatte bei der R.S.K. und bei den Schwarzen Wölfen mehr Todesopfer gefordert als irgendjemand sonst. Man sah stets nur, wie sein Opfer tot umfiel und fand wenig später in der Nähe sein Stencil, in Form eines angreifenden Falken.

Er schlich lautlos über das Dach, kroch vorsichtig zum Rand und spähte herüber. Sehr gut, er hatte ein freies Schussfeld. Langsam und bedächtig, um sich nicht zu verraten, packte er sein Gewehr aus, baute das Zweibein auf und zielte. Plötzlich hörte er hinter sich ein Knirschen. Er bekam einen Schlag ins Genick und wurde ohnmächtig.

Ein unerträglicher Schmerz im rechten Auge ließ ihn wieder zu Bewusstsein kommen. Sie hatten ihn überrumpelt und sein rechtes Auge ausgestochen. Zwei der drei Schergen hielten ihn am Boden, ein dritter kniete, mit einem Dolch der R.S.K. in der Hand, auf seiner Brust.

"Das war für den Genossen Oberst, den du neulich so feige in einem Hinterhalt getötet hast", sagte er.

"Das Schwein hat meine Schwester auf dem Gewissen, nur weil sie nicht mit ihm ficken wollte!" erwiderte der Falke.

"Der Genosse hat sie als Feindin der Arbeiterklasse und Gegnerin der kommunistischen Weltrevolution enttarnt und zur Rechenschaft gezogen", sagte der mit dem Dolch, "Und du hast dich des selben Verbrechens schuldig gemacht."

"Und werdet ihr mich jetzt auch wehrlos erschießen?"

"Nein, wir werden dich vom Dach stoßen, das ist viel einfacher und spart Munition."

Er trat ihm mit aller Kraft in den Bauch, seine Genossen zogen ihn an den Armen zur Dachkante und stießen ihn runter. Er schlug bäuchlings auf dem ersten Balkon auf, welcher unter der Wucht und dem Gewicht nachgab und auf den darunter liegenden fiel. Schon beim ersten Aufschlag waren unerträgliche Schmerzwellen durch seine Körper gefahren, die ihm fast die Besinnung raubten. Das ganze Spiel wiederholte sich bei allen Balkonen bis er unten auf dem Gehweg aufschlug und endgültig das Bewusstsein verlor. Die R.S.K.-Soldaten schauten ihm nach.

"Sollten wir nicht noch mal gucken, ob er auch wirklich hinüber ist?", fragte einer.

"Ach komm, ihm fehlt ein Auge, er ist fünf Stockwerke tief gefallen, mehrmals aufgeschlagen. Selbst wenn er noch lebt, gibt es noch tausend anderen Dinge, die ihn jetzt umbringen werden. Das einzige, was hier sicher ist, ist der Tod", kam als Antwort.

Als der Falke wieder zu sich kam, war niemand in der Nähe, der es bemerkte. Er dachte nach, wo er jetzt am sichersten war. Das RAW, Thuls Werkstatt, war zwar auch eine Todesfalle, aber nur, wenn Thul einen nicht leiden konnte, und eigentlich waren Thul und er immer gut ausgekommen. Er machte sich auf den Weg dorthin. Während des Weges torkelte und stolpert er dauernd, so dass er für den Weg doppelt solange brauchte wie üblich. Er erreichte die Freifläche vor Thuls Werkstatt, die Thul gerne als seinen "Vorgarten" bezeichnet. Für seine Feinde war es der Vorhof zur Hölle. Als er sie betrat, flammten Scheinwerfer auf und eine Alarmsirene fing an zu heulen.

Zehn Sekunden später ertönte über Lautsprecher: "Hände Hoch! Freund oder Feind?"

"Freund!", brüllte der Falke und kippte ohnmächtig vorne über.

XXVI

Isabell starrte die beiden immer noch verwundert an. Plötzlich klackte es laut hinter ihr an der Wand, draußen gingen Scheinwerfer an und eine Alarmsirene ging los. Wie von der Tarantel gestochen, rannte Thul los zu der Gatling-Kanzel und fragte über Lautsprecher, wer da sei.

Von draußen tönte eine schwächliches "Freund!"

Thul rief nach hinten: "Kette, Isi schnappt euch die Traje da hinten und holt unsan Jast rinn!"

"Wat is, wenna von der R.S.K. oder von den Wölfen is?", fragte Kette.

"Dann könn wa den hier drinne imma noch kalt machen", erwiderte Thul.

"Los jezz!"

Als sie den Falken rein geholt und auf die Werkbank gelegt hatten, sagte Thul: "Sach ma, bin ick jezze 'nen Mönch in nem Klosta jeworden oder warum komm' dauand hilflose Menschen bei mir an?"

"Schon lange, Keule, schon lange. Der Stahl is dein Jott, du biss sein Priesta und deine Werkstatt iss seine Kathedrale", witzelte Kette.

"Ja ja, möje der Stahl mit dir sein", sagte Thul salbungsvoll und beschrieb mit der Handfläche nach außen einen Kreis in der Luft.

"Er sieht ziemlich übel aus, irgend etwas ist mit seinem Auge passiert", meinte Isabell.

"Danke, Fräulein Medizinalrätin, da wär'n wa ohne sie nie druff jekommen", sagte Kette genervt.

"Wie bitte? Fräulein was?", fragte Isabell.

"Fräulein Me-di-zi-nal-rä-tin, dit is eene von Kettes virtuellen Schwanzvalängarungen", erklärte Thul.

"Was für ein Ding?", fragte Isabell nochmal.

"Virtuelle Schwanzvalängarung. Du benutzt möchlichst viele Fremd- und Fachwörta, um intellijenter und somit attraktiva ufff dein potenziellen Jeschlechtspartner zu wirken, halt virtuell den Schwanz valängan", erklärte Thul mit aller Engelsgeduld.

"Alle, die vor Thuls Werkstatt zusammbrechen, seh'n übel aus. Nur is meestens Thul dran schuld", mischte Kette sich ein.

"Kannst du bitte mal aufhören, so ein Riesenarsch zu sein?", fauchte Isabell Kette an.

"Kannst du bitte ma uffhörn, so 'nen Riesenarsch zu haben?", gab Kette zurück.

Isabell starrte Kette an, holte aus und schlug mit aller Kraft zu. Kette hatte den Schlag auf sein Kinn nicht erwartet und fiel um wie ein nasser Sack.

"Na toll, und wer jeht jezz Hilfe hol'n?", fragte Thul.

"50% der Anwesenden sind bei Bewusstsein, von diesen 50% wiederum wissen nur 50% wo et Hilfe zu holen jibt, ergo 25% ..."

"Kannst du bitte die Klappe halten und sagen, was jetzt zu tun ist", fragte Isabell gereizt.

"Wenn du die Werkstatt valässt, bist du so jut wie vasklavt oda tot. Wenn ick die Werkstatt mit dir alleene lasse, isse so gut wie valorn. Wenn wa beede die Werkstatt valassn, ist die Werkstatt mitsamt Thul und dem Falken valorn, da keena sie beschützt. Wenn wa hier bleibn, dann is der Falke so jut wie tot. Wie wa dit drehen und wenden, wa könn irjendwie imma nur valiern, nur dit da Verlust bei dem eenem Fall schwerer wiecht als bei dem andan."

"Gut, dann geh du jetzt los und hol Hilfe", sagte Isabell.

"Nee!"

"Wie?"

"Ick lasse meene Werkstatt nich mit dir alleene zurück"

"Ich mache schon nichts kaputt."

"Du vielleicht nich, aba andre."

"Kette und der komische Falke sind bewusstlos, die machen bestimmt auch nichts."

"Die meen' ick ooch jar nich, ick dachte eha an die Wölfe oder die R.S.K."

"Hach, lass doch die blöde Werkstatt, die kann man doch wieder reparieren."

"Du willst, dit Thul seene Werkstatt im Stich lässt? Dit will ick sehn, wie de dit bewerkstellijen willst", sagte Kette der eben wieder zu sich gekommen war.

"Es ist doch bloß eine blöde Werkstatt! Jetzt habt euch nicht so!", brüllte Isabell.

Von hinten tippte ihr jemand auf die Schulter. Sie drehte sich um und machte einen Satz zurück, um dem gepanzerten Fausthieb zu entgehen.

"Nicht noch mal, Freundchen." sagte Isabell drohend.

"Jetzt beruhicht euch ma alle wieda!", rief Kette, "Isi, du fährst mir jezze mit Thuls bewaffneten Lastenrad zur Eisfabrik und da holn wa Aknes ab."

"Warum sollte ich dich fahren? Bin ich etwa deine Chauffeurin?"

"Nee, aber du kannst dit MG daruff nich bedien, jeschweige denn kontrolian."

"Woher willst du das denn wissen?", fragte Isabell herausfordernd.

"Praktische Erfahrung", gab Kette zurück, "Sattel die Hühner, wir reitn nach Texas!"

"Wie bitte?"

"Hopp, schwing deinen Arsch uff dit Fahrrad, wir ham nich ewich Zeit!"

XXVII

Als Edgar Feierabend hatte, rief er Lili an und verkündete ihr die frohe Botschaft, dass er nun Mitglied der Kripo sei und somit im Dienstgrad und Besoldung aufgestiegen.

"Uhh, einen Kommissar hatte ich noch nie."

"Wollen wir zur Feier des Tages Essen gehen?", fragte Edgar.

"Auja, lass uns ins Chéz Rie gehen, das gerade am Potsdamer Platz aufgemacht hat. Die sollen da erstklassige preußische Küche haben. Das beste Kommissbrot in der Stadt und eine superbe Auswahl an exzellenten Eintöpfen. Dazu noch Kellner in original preußischen Uniformen."

"Klingt großartig", sagte Edgar, "Wann wollen wir uns treffen?"

"Wie wäre es mit sofort?"

"Und wo?"

"Holst du mich ab? Ich war heute bei der Gymnastik und will mich noch frisch machen und das Näschen pudern."

"Einverstanden, ich brauche eine dreiviertel Stunde von hier bis zu dir."

"Ach, so lange, wo bist denn? Du fehlst mir."

"Ja, ich bin noch im Präsidium, aber ich beeile mich."

Um sieben stand Edgar vor Lilis Tür und klingelte.

"Gleich Schatz, ich komme gleich zu dir", trällerte sie durch die Wechselsprechanlage.

Als sie unten aus der Haustür trat, warf sie sich Edgar sofort um den Hals und küsste ihn. Sie gingen zur Straße, stiegen ins wartende Taxi und fuhren los. Eine dreiviertel Stunde später erreichten sie den Potsdamer Platz und betraten das 'Chéz Rie'. Am Eingang stand der Oberkellner, gekleidet wie Friedrich II.

"Guten Abend", begrüßte er sie.

"Ein Tisch für Zwei", sagte Edgar.

"Haben Sie reserviert?"

"Ja, auf Buskowski", antwortete Lili.

"Der Gefreite wird Sie zu ihrem Tisch eskortieren. Meyer, Antreten!", brüllte der Oberkellner.

Ein Kellner, gekleidet in die Uniform eines preußischen Infanteristen, kam zu ihnen, nahm Haltung an und knallte die Hacken zusammen.

"Würden se mir bitte foljen?", bat er sie unterwürfig.

Als sie am Tisch saßen fragte der Kellner: "Sie wünschen?"

"Die Karte, bitte", sagte Edgar.

"Ham wa nich"

"Wie. Sie haben keine Karte?", fragte Edgar.

"Sie befinden sich im Feldlager des 11. Infanterieregiments Seiner königlichen Majestät."

"Was haben sie denn so im Angebot?", fragte Lili.

"Eintopf", antwortete der Kellner entnervt.

"Das klingt aufregend. Was haben sie denn für einen Eintopf?", fragte Lili.

Der Kellner verdreht die Augen.

"Kartoffeleintopf, Rübeneintopf, Linseneintopf, Erbseneintopf, Bohneneintopf, Krauteintopf und Kohleintopf."

"Schatz, sie haben einen nach Helmut Kohl benannten Eintopf. Ist das nicht großartig?"

Der Gefreite Meyer verdrehte die Augen und wünschte sich, einer seiner Vorfahren wäre einen schrecklichen und grausamen Tod im einem der vielen preußischen Kriege gestorben, damit er nicht geboren worden wäre und diese Zurschaustellung von Blödheit ertragen müsste.

"Haben sie nicht noch etwas anderes im Angebot?", fragte Edgar mürrisch.

"Ja ham wa. Kleie, Haferschleim, Kommissbrot, Gerstengrütze und Rübenmarmelade."

"Klingt ja scheußlich."

"Dit können se laut sagen, Schweinefraß ist dit. Lieber tot als nur Schrot."

"Also, ich nehme dann den Hemut-Kohl-Eintopf", sagte Lili.

"Hach, ich nehme ein Kommissbrot", seufzte Edgar.

Kurze Zeit später kam der Gefreite zurück und servierte das Essen. Edgar kaute lustlos an seinem Kommissbrot herum, während Lili sich euphorisch über ihren schlammig-grauen Kohleintopf her machte und davon schwärmte, wie unglaublich delikat er doch sei.

Plötzlich tauchte eine schwarz vermummte Gestalt vor dem Restaurant auf und warf einen Stein auf die Scheibe. Edgar reagiert reflexartig und zog Lili von ihrem Stuhl und warf sich zwischen sie und den anfliegenden Stein. Mit einem dumpfen Geräusch prallte der Stein an der Plexiglasscheibe ab und traf den Werfer an der Schulter, der daraufhin floh. Einer der Kellner in der Näher Tür rannte raus, um den Vandalen festzuhalten, doch er kam zu spät. Edgar folgte ihm und sah sich den Stein genauer an. Lili kam dazu und schaute Edgar über die Schulter.

"Der Stein ist in ein Blatt Papier eingewickelt", sagte Edgar.

"Na das ist doch klar, damit er nicht schmutzig wird", erklärte Lili, "Wer will sich denn schon an so einem ollen Stein die Hände schmutzig machen."

Der daneben stehende Kellner verdreht erneut die Augen.

Edgar las vor: "Haut die Bullen platt wie Stullen!

Wir kriegen euch Alle!

Ganz Berlin hasst die Polizei!

Wir, die Kampagne WKEA, erklären hiermit der Berliner Stadtregierung den Krieg. Wenn sich die Berliner Stadtregierung nicht bis Ende dieser Woche auflöst, werden weitere Abgeordnete sterben müssen. Entweder, ihr löst euch auf oder wir lösen euch auf. Lang lebe die wundervolle Welt des Widerstands!"

"Was soll das sein?", fragte er sich laut.

"Na dit iss doch klar Keule, dit iss nen Bekennerschreiben."

"Das muss unbedingt zu Hauptkommissar Schmidt. Wir wissen jetzt, mit wem wir es zu tun haben."

XXVIII

Edgar stürzte völlig außer Atem in Hauptkommissar Schmidts Büro, doch er war nicht da. Daher erkundigte er sich an Eingang bei dem schon ergrauten Wachmeister, der hinter einer Panzerglasscheibe saß, nach Schmidt.

"Junger Mann, wenn sie nicht so überstürzt an mir vorbei gerannt wären, hätte ich ihnen auch sagen können, dass der Herr Hauptkommissar im Krankenhaus ist", sagte er zu ihm.

"Was?"

"Das heißt: 'Wie bitte?' Die Grundformen der Höflichkeit können wir ja trotz des Ranges wahren, nicht wahr?"

"Jetzt reiten Sie hier nicht auf Benimmregeln rum, sondern verraten Sie mir, was dem Hauptkommissar passiert ist, dass er ins Krankenhaus musste!"

"Keine Angst, dem ist nichts passiert, der ist robust."

"Warum ist er dann im Krankenhaus?"

"Befehl."

"Von wem? Himmel Herr Gott."

"Kommt dem schon ganz nahe, aber so groß dann doch wieder nicht. Der Großkommandant wurde Opfer eines Giftanschlags. Hauptkommissar Schmidt vermutet einen Zusammenhang mit den Abgeordnetenmorden und ist deshalb los, um den Großkommandanten zu befragen."

"In welchem Krankenhaus sind die beiden?"

"Charity-Krankenhaus, hier gleich um die Ecke."

Zehn Minuten später kam Edgar im Krankenhaus an. Am Eingang fragte er nach dem Zimmer des Großkommandanten. Die Dame am Informationsschalter sagte ihm jedoch, dass sie es ihm nicht sagen dürfe. Nachdem Edgar ihr seine Dienstmarke unter die Nase hielt, telefonierte sie kurz. Nach dem Gespräch meinte sie, er möge sich noch kurz gedulden, es werde gleich jemand für ihn da sein.

Kurze Zeit später kam ein Leutnant der Schutztruppe, begleitet von zwei einfachen Gefreiten mit G54-Sturmgewehren von Hecksler und Loch, schuss- und stichsicheren Kevlarpanzerungen und Schutzhelmen mit Breitbandscannern, ins Foyer. Dieser Trupp hätte das ganze Foyer in Sekundenbruchteilen zusammenschießen können. Aber wozu wurden hier solch schwere Geschütze aufgefahren?

"Kommissar Müller?", fragte ihn der Leutnant.

"Ja, ich wollte zu Hauptkommissar Schmidt. Man sagte mir, dass er hier sei."

"Das stimmt, er befindet sich beim Großkommandanten. Wir begleiten Sie. Für den Großkommandanten gilt nach dem Anschlag die höchste Sicherheitsstufe."

"Wie steht es mit den restlichen Abgeordneten?"

"Darüber darf ich Ihnen keine Auskunft geben."

Als sie den Fahrstuhl, der sie ins oberste Stockwerk brachte, verließen, war Edgar beeindruckt. Das Stockwerk war zu einer Festung ausgebaut. Schwere Infanterie, MGs, halb- und vollautomatische Granatwerfer; auf dem Dach stand, das erkannte Edgar durch eine der Dachluken, eine vollautomatische 3cm FLAK und Selbstschussanlagen an allen Ecken und Enden.

'Alles nur angemessen für den Schutz des Großkommandanten', dachte Edgar.

Als er das Zimmer des Großkommandanten betrat, sah er, wie Hauptkommissar Schmidt ihm gerade Bericht erstattete.

"Dit tut mir leid, Ihnen mitteilen zu müssen, dit wa bisher keene neu'n Erkenntnisse jewinnen konnten."

'Ha', dachte sich Edgar, 'das ist der Moment, in dem ich beweisen kann, was ich drauf hab.'

"Das stimmt so nicht, Herr Hauptkommissar", fiel er dem Hauptkommissar ins Wort. "Ich habe heute Abend einen Hinweis auf die Täter erhalten."

"Du? Du bemerkst doch nen Hinweis erst, wenn man ihn dir anne Birne wirft."

"In gewisser Weise war es auch so. Als ich heute Abend mit meiner Freundin essen war, warf ein Vermummter einen Stein auf das Restaurant, in dem wir saßen und zielte dabei auf mich. Zu meinem Glück prallte der Stein an der Scheibe ab."

"Wenn nich, wär' ooch nich so schlimm jewesen", murmelte der Hauptkommissar zu sich.

"Jedenfalls war der Stein in ein Bekennerschreiben eingewickelt, aus dem hervorging, dass eine Gruppe, die sich WKEA nennt, für die Anschläge verantwortlich ist. Sie fordert die Berliner Polizei dazu auf, sich binnen einer Woche aufzulösen, sonst würden weitere Abgeordnete sterben", erzählte Edgar.

"Dit nimmst du doch nich für voll, oda?"

"Was meinen sie damit, Herr Hauptkommissar?", fragte Edgar irritiert.

"Eene Gruppierung, die it schafft, zwee Abjeordnete und beinahe noch den Großkommandanten um die Ecke zu kriejen, soll zu blöde sein, zu wissen, dit man ne Plexiglasscheibe nicht mit nem Stein einschmeißen kann? Dit iss jezze nich dein Ernst?"

"Na na na, nun kritisieren sie nicht die glänzende Arbeit ihres Kollegen", sagte der Großkommandant zum Hauptkommissar.

"Während sie zum Dienstschluss alles haben stehen und liegen lassen, um zu ihrer Geliebten zu eilen, ist unser junger Freund auch nach Feierabend noch im Dienst. Das ist doch einmal vorbildlicher Diensteifer."

Bei diesen Worten strahlte Edgar übers das ganze Gesicht, und Hauptkommissar Schmidt ballte die Fäuste in der Jackentasche.

"Jetzt, wo sie wissen, wer der Täter ist, könnte sie ja gegen ihn vorgehen. Bloß nicht die Fühlung verlieren."

"Jawohl, Herr Großkommandant", salutierte Edgar.

Zusammen mit Hauptkommissar Schmidt verließ er das Zimmer.

"Oh man, wennset könnten, würd'n se hier oben uff dem Dach nen Panzer parken", sagte Hauptkommissar Schmidt und deutete nach oben auf das Dach.

"Warum nicht? Wenn es dem Schutz des Großkommandanten dient?"

"Weil ick anzweifeln möchte, dit der Großkommandant in Jefahr schwebt."

"Was meinen sie damit, Herr Hauptkommissar?"

"Wie ick vorhin schon sachte, du kannst doch nicht ernsthaft dran glooben, dass eene Gruppe die et schafft, zwei, zum Teil schwer bewachte, Abjeordnete zu töten, an einer simplen Plexiglasscheiben scheitert."

"Wie kommen sie dazu, das diese Gruppe so hoch professionell sein soll?"

"Na, dit iss doch janz einfach. Dit iss verdammt schwer, in Neuberlin an eene Dienstwaffe der Polizei zu kommen, wenn man nich inna Polizei iss. Es iss übahaupt verdammt schwer, an irgendeene Knarre zu kommen. Aba die haben dit jeschafft. Sie haben es ooch jeschaft, dit se eenen Abjordneten jezielt vajiftet haben, ohne dass se alle Lebensmittel großflächig verseuchen mussten. Und beinahe haben sie noch unseren Chef um de Bieje jebracht. Dit sind keene Fuscha wie dein Depp im Restaurant."

"Da ist durchaus etwas dran, Herr Schmidt."

"Ick wees, Ede, ick wees. Lass uns Feijerabend machen, ick werd' heute nicht mehr alt."

"Jetzt Feierabend machen, wo wir doch ein heiße Spur haben?"

"Ede, wat iss dir lieba? Mit deena Süßen den Rest des Abend uff da Couch rumlümmeln, oda dit wa uns dit im schnuckelig kuscheligen Archiv bei schummeriger Beleuchtung bequem machen und dort die Nacht mit'nander vabringen. Na, wat willste?"

"Bei allem Respekt, Herr Hauptkommissar, aber sie sind echt nicht mein Typ."

Hauptkommissar Schmidt lachte laut.

"Keene Angst, meen Kleener, ick steh nicht uff Jungs."

Während der Unterhaltung waren sie durch das Foyer gegangen und verabschiedeten sich voneinander und verschwanden im Dunkel der Nacht.

XXIX

Kette und Isabell fuhren so schnell es ihnen möglich war zur alten Eisfabrik. Als sie kurz davor waren, versperrte ihnen eine Barrikade in der Nähe des alten Ostbahnhofs den Weg.

"Haaaalt, keine Fisimatenten, ihr durchquert das Hoheitsgebiet der Saubande. Zur Instandhaltung der Straßen sowie zum Unterhalt der Truppen der Saubande müsst ihr Wegzoll zahlen", rief einer der Bewaffneten auf der Barrikade.

"Isi, lass uns nen anderen Wech nehmen, wir haben weder dit Geld noch die Zeit uns mit denen rumzustreiten, und ick gloobe nich, dit du dazu bereit bist, die einzije Alternative zum Jeld als Zoll anzubieten."

"Die da wäre?"

"Du!"

"Okay, wo lang?"

"Umdrehen, zurück zur Oberbaum. Soweit ick weeß, ist die noch frei von Barrikaden."

Auf der Bücke, die Kette überqueren wollte, mussten sie immer wieder stoppen, und Kette prüfte, ob die Platten, die die Löcher in der Brücke abdeckten, auch das Gewicht der beiden mit ihrem Fahrzeug tragen würde. Als sie nach einer halben Ewigkeit, wie Isabell es vorkam, die Brücke überquert hatten, kamen sie schneller voran. Nach einer halben Stunde erreichten sie die Kreuzung nahe der Eisfabrik. Als sie in Sichtweite des Ostflügels der Köpi kamen, forderte Kette Isabell auf langsamer zu fahren.

"Warum?", fragte Isabell.

"Wenn wa uns zu schnell nähan, dann eröffnen se ohne Warnung dit Feuer uff uns, wat so ziemlich tödlich für uns wär."

Am Tor angekommen, wurden sie auch kurz darauf eingelassen.

"Weeßte, wo Aknes ist?", fragte Kette den Posten am Tor.

"Wahrscheinlich in ihrem Gewächshaus", antwortete dieser.

"Wo soll denn hier ein Gewächshaus sein? Und wie soll hier etwas wachsen, es gibt doch hier gar keine Sonne."

"Sie hat sone komische Wachtumslampen."

"Wachtumslampen?"

"Ja, Ufau-Lampen nennt se die Dinga, damit bringt se ihre Kräuta und dit janze Grünzeuch zum wuchern", erklärte ihr Kette.

Als sie den Keller des Gebäudes, das aussah, als würde es jeden Moment in sich zusammenstürzen, betraten, kam ihnen eine Frau mittleren Alters in bunten, weit flatternden Gewändern mit dunkler Haut entgegen.

"Hi, Kette, wer ist deine neue Freundin, die du da mit gebracht hast?"

"Ich heiße Isabell und bin nicht seine Freundin", sagte Isabell trotzig.

"Ich bin Aknes, mit 'K' wie Akne."

"Warum heißt du so?"

"Weil ich früher eine fürchterliche Akne hatte, deswegen habe ich mich auch intensiv mit Kräutern beschäftigt. Nebenbei hab ich es noch geschafft, hier unten Cannabis und andere Heilkräuter anzubauen oder Schießpulver herzustellen."

"Aber Cannabis ist doch ein Rauschgift."

"Die Menge macht das Gift, Liebes. Nach 15 Litern Wasser bist du wahrscheinlich auch nicht mehr so ganz fit und trotzdem bezeichnet man es nicht als Gift. Also weshalb seid ihr hier? Doch nicht nur, um mit mir zu schwatzen?"

"Nee, der Falke liecht mit mehraran Valetzungen bei Thul uff da Werchbank, und wir wollt'n dir bitten, mitzukomm', dit du ihm vielleicht helfen kannst", sagte Kette.

"Ja, das kann ich. Ich muss nur noch rasch Petunia Bescheid sagen."

"Petti", rief sie ins das Gewächshaus rein.

Daraufhin erschien ein etwa 14jähriges Mädchen.

"Was'n los? Was brüllst'n so? Ick bin noch nich taub", sagte sie, wobei sie das 'noch' betonte.

"Petti, ich muss mit Kette und ...", Aknes unterbrach sich, "Entschuldige bitte meine Vergesslichkeit Liebes, ich habe schon wieder ganz vergessen, wie du heißt."

"Ich heiße Isabell, aber hier nennen mich komischerweise alle nur Easy", antwortete sie.

"Hast du etwas dagegen wenn ich dich auch Easy nenne?"

"Nein"

An Petunia gewandt sagte Aknes: "Also Petti, ich fahre mit Kette und Easy zu Thuls Werkstatt, um einem Verletzten zu helfen. Du kümmerst dich bitte solange um die Pflanzen, einverstanden?"

"Ja, ok. Wann kommst du wieder?"

"So schnell wie möglich."

Nachdem Aknes ihre Tasche gepackt und noch ein wenig Schießpulver für Thul eingesteckt hatte, ging es los. Da sie diesmal schwerer waren und es zudem noch hinter der Oberbaumbrücke bergauf ging, trat diesmal Kette in die Pedale. Aknes besetzte das MG, und Easy saß daneben und lies sich von Aknes grob in die Bedienung der Mordgerätschaft einweisen.

Vollkommen verschwitzt und dem Zusammenbruch nahe, erreichten sie Thuls Werkstatt, wo sie mit dem Standardprozedere empfangen und danach eingelassen wurden. Aknes begab sich sofort zum Falken und untersuchte ihn.

"Hmm, das rechte Auge können wir vergessen. Ansonsten hat er nur ein paar Stauchungen und blaue Flecke. Er wird durchkommen. Wechselt regelmäßig den Verband bis er wieder zu sich kommt, und den Rest sollte er selber schaffen."

XXX

Der Falke erwachte. Ein rasender Schmerz fuhr durch seinen Schädel, und er fasste sich an die rechte Seite seines Kopfes. Dort ertastete er einen Verband, der auch sein rechtes Auge bedeckte.

"Was ... was ist mit meinem Auge?", fragte er er mit brüchiger Stimme.

"Jemand hat es dir wahrscheinlich ausgestochen", antwortete ein weibliche Stimme.

"Ja, ich erinnere mich wieder. Diese Hunde von der R.S.K. waren es. Ich bin geliefert. Was soll ich jetzt noch tun?", fragte der Falke deprimiert.

"Hey, siehet mal so: Jezze musst du dit andere Ooge beim Zielen nich mehr zukneifen, wennde durch dit Fernrohr kiekst", witzelte Thul, der neben ihm an der Werkbank stand.

"Hmm, stimmt, du hast Recht. Warte mal kurz."

Er richtete sich auf und sah mit dem verbliebenen Auge Thul an.

"Ich möchte mich bei dir für diesen großartigen Ratschlag bedanken."

Er holte aus und schlug Thul aufs Auge, so das es schnell anschwoll.

"Siehst du, jetzt brauchst du nur noch ein Glas pro Schutzbrille. Praktisch oder?"

"Ok, ick jeb zu, der Ratschlach war schon scheiße."

"Du bist doch so ein alter Bastel-Fred."

"Jopp, dit wird ab und zu von mir behauptet."

"Kannst du mir da nicht was cleveres basteln?"

"Joh, kann ick machen. Wat kannste mia dafür jeben? Ick bin ja schließlich nich die Heilsarmee."

"Wie wäre es mit Waffen?"

"Du würdest nem Gärtner ooch Blumen verkoofen oder? Ick koofe keene Waffen, ick baue sie."

"Na gut, ich hätte noch die taktischen Daten und Koordinaten eines vorgelagerten Waffenlagers der Schwarze Wölfe."

"Wo solln dit Lager sein? Nich, dass du mir mitten in deren Hauptquartier schickst, zutrauen würd icks dir."

"Vielen Dank, dein Vertrauen ehrt mich. Der Posten befindet sich in West-L-Berg."

"Klingt fair. Ok, wa sind im Jeschäft. Bis wann brauchtst'n dein neuet Spielzeuch?"

"Bis vorhin."

"Ok, ick kriegs bis übermorjen hin."

"Und was soll ich so lange machen?"

"Hmm, am bestn den Kopp unten halten und unwichtich aussehen. Der Feind könnte eventuell nur noch wenich Munition haben."

"Witzbold, kann ich hier warten, bis du fertig bist?"

"Nur wennde mir nich uff die Nerven jehst."

"Gut, ich besetze die Gatling-Gun und halte Wache", schloss der Falke und ging in Richtung der Glaskanzel.

"Sach mal, Keule, iss bei dir jrad die große Mildtätigkeit ausjebrochen, oda wat?", fragte Kette Thul plötzlich.

"Wie? Wat meenstn damit?"

„Naja, jezze haben wa zwee Mäuler mehr zu stopfen. Ick denk dabei an unsere Vorräte."

"Nu mach dir mal keen Kopp. Aknes war ja da, ab nachher haben wieda jenug Munni für alle."

"Ick steh aba nich uff Blaue-Bohnen-Eintopf."

"Ach, Easy wird uns da schon wat feinet aus'n Restn zusammn rühren."

"Wie kommt ihr auf die Idee, dass ich für euch koche? Soll ich nebenbei vielleicht auch noch die Werkstatt aufräumen und putzen?", beschwerte sich im Hintergrund Easy.

Thul dreht sich ruckartig um und hielt ein Stahlrohr in der Hand: "Wennde ooch nur eenen Metallspan in meener Werkstatt umdrehst, ohne mir vorher zu frajen, dann schlag ick dir den Schädel ein. Und zum Thema Kochen: Kannste eene 500 mm PAK reparieren?"

"Ähh was ist eine Pack?"

"Also nee. Kannste kochen?"

"So ein bisschen … glaube ich schon."

"Noch Fragen?"

"Ja! Warum kocht Kette nicht?"

"Weilla de Munitionspresse bedient. Die ick dir ebenfalls nich anvatrauen will. Da jehts um Schiesspulva und so, hochexplosiv. Ick hab een weitaus jeringeret Problem damit, wenn uns die Wölfe oda dit R.S.K. de Werkstatt mit Panzan und Kanonen um de Ohren pustet, als wenn dit eener macht, den ick hier reinlasse. Also mithelfen oder rausjehen. Dit R.S.K. und die Wölfe werden dir sicherlich mit offene Arme empfangen und dir een jemütlichen und komfortables Leben bieten."

"Du meinst Küche oder Offizierspuff?"

"Jenau, du bist anscheinend doch eene vonna fixen Sorte. Dahinten ist de Kochnische, der Herd looft mit Biojass aus eijener Produktion. Und sei mit'm Wasser sparsam, sonst kommt da Uffbereita nich hintahea. Easy verschwand murrend in Richtung Küche und Thul widmete sich der Kanone, die in der Mitte der Werkstatt an einem Kran hing und darauf wartete, in die Lafette eingebaut zu werden. Er schnappte sich die Steuerung des Krans und begann damit, langsam aber sicher die Kanone in die dafür vorgesehen Halterung abzusenken. Langsamer und langsamer werdend, senkte er das schwere todbringende Metallrohr ab.

"Iiiiiiiiiiiiiiiiiiiiihhhhhhhhhhhheeeeeeeeeeeeee!"

Ein markerschütternder Schrei zerriss Thuls Konzentration und der Schildzapfen der Kanone kam mit einem unschönen und dumpfen Geräusch auf. Als Thul aufblickte sah er, wie sich Kette mit einem Sturmgewehr im Anschlag und mehreren Handgranaten an seiner Weste rasch und vorsichtig der Küche näherte.

"Wat ist los? Warum brüllst'n de wie am Spieß?", rief er in die Küche.

"Da ist eine Ratte im Kühlschrank", kam es zitternd zurück.

"Lebt se noch?" rief Kette.

"Nein, sie ist tot", rief Easy.

"Schimmelt se oder hat se Maden?", rief Thul.

"Nein, sie ist einfach nur tot."

Kette entspannte sich.

"Ey cool. Keule, wir ham ja doch noch ne Ratte im Kühlschrank", sagte Thul zu Kette.

Easy kam mit bleichem und angeekeltem Gesicht zu den beiden, die vor Freude strahlten.

"Was ist daran so toll, dass ihr eine tote Ratte im Kühlschrank habt? Das ist doch widerlich."

"Widalich vielleicht, aber dit bedeutet ooch, dit es heute Abend Fleesch jibt."

"Ich schmeiße sie weg", sagte Easy, "Die überträgt doch nur Krankheiten."

"Biste bescheuat? Ick hab mir zwee Nächte um die Ohren jeschlagen, um die zu erwischn", sagte Kette aufgebracht.

"Oh ja, und du hast dabei ooch fast noch den Uffbereiter mit deim Jewehr zerleecht."

"Aber man kann doch keine Ratten essen."

"Wieso? Siehste hier noch andre Tiere, die zum Vazehr jeeignet scheinen?"

"Zwei auf jeden Fall."

"Na toll, und von sowat wird unsaeens als kulturlose Babaren bezeichnet", sagte Kette.

XXXI

Der Großkommandant betrat die Wohnung des Abgeordneten. Ein Mitarbeiter der Spurensicherung sichert gerade Fingerabdrücke an der Türklinke der Wohnungstür. Überall waren Menschen in weißen Overalls am Werk. Fotografierten, vermaßen und wischten mit Pinseln in der Gegend herum.

'Tod durch Ersticken' war das Ergebnis, zu dem die Pathologin gekommen war.

"Ein stumpfer Gegenstand hat ihm eine Rippe gebrochen, und diese hat die Lunge punktiert. Er ist an seinem eigenen Blut erstickt."

"Die Hantelstange lag neben der Hantelbank, auf der er gefunden wurde", sagte ein Beamter, der neben ihr stand.

Hinter ihr knallte es und laut ertönte: "Kommissar Müller meldet sich zur Stelle, Herr Großkommandant."

"Och nee, nich der schon wieda", sagte sie leise und zum Leichnam gewandt, "Dit einzich jute an seiner Anwesenheit iss, dat se Alfreds Anwesenheit impliziert."

"Na meene Große, wie jehts, wie stehts?", flüsterte Hauptkommissar Schmidt ihr leise ins Ohr.

Sie dreht sich zu ihm herum und sah ihn an.

"Boah, geil ey, wenn du noch nen bissl übst, dann schaffste dit heute noch, dass deine Mundwinkel bis zu den Schultern reichen", sagte er.

"Der Großkommandant iss jut dabei, dass ick dit heute ooch noch schaffe. Also Alfred, keene witzijen Sprüche mehr, ick hab een Skalpell und vadammt schlechte Laune."

"Ok ok, ick hab vastanden Frau Doktor. So magst du mir erzählen, uff welche Weise uns da Meistaturna valassen hat?"

"Ausführlich oder die Idiotenversion, wie beim jroßen Zampano?"

"Ach komm, du willst dit doch ooch. In allen, aber ooch wirklich allen haarkleenen Einzelheiten. Wenn du ooch nur een Hautschüppchen wegläßt, dann werd ick dir aber sowat von übers Knie legen."

"Dit mit dem übas Knie legen später vielleicht. Nich hier, dit könnte die Kollegen hier geringfügig verwirren."

"Also, ick lausche dir jebannt und erschieße jeden der dazwischenquatscht."

"Bitte nich, dit jibt nur noch mehr Arbeit, als ick ohnehin schon am Hals hab. Muss nich sein. Aber na jut, dann mal los. Den Abjeordneten ham se heute Mittach tot uff da Hantelbank gefunden. Neben da Bank lag die Hantel mit 40 Kilo dranne. Jestorben isssa, weil eene jebrochene Rippe seine Lunge perforiert hat." Hauptkommissar Schmidt hob den Zeigefinger.

"Ja, Alfred, wat iss?", fragte sie entnervt.

"Entschuldijung, ick kann mit diesem 'perforiert' nix anfangen."

"Mensch Alfred, dit war jezze aber der wirklich letzte Witz für heute."

"Ähm ...", druckste Alfred herum, "dit iss grad ernst jemeent, keen Scherz."

"Oh, dann hab ick nix gesagt. Ne Rippe hat'n Loch in seine Lunge jestochen, wodurch Blut in die Lunge jeflossen iss. Daran issa erstickt."

"Klingt scheußlich schmerzhaft."

"Kannste glooben. Mehr kann ick dir aber erst erzählen, wenn er bei uns uffim Tisch liecht."

"Na, so schön iss der Kerl ooch wieder nicht, dass ick mir den als Tischdecke zulegen würde."

"Idiot", sagte sie mit einem Lächeln, "Wat hälste denn davon, wenn wa uns heute Abend mal janz jepflecht vorn Fernseher pfläzen und nen Film gucken?"

"Na na na, nich zu vatraulich werdn hier, dein Einzeller kiekt schon rüba."

"Der soll ma schön ruhig sein, der jeistige Flachköppa."

"So, nun ist aber genung Süßholz geraspelt, Herr Hauptkommissar", mischte sich Edgar ein.

"Sajen se mal, wat fällt ihnen ein, mich innem Dienstjespräch zu untabrechen? Ham ihn ihre Eltern nich beijebracht, dit wenn sich Erwachsene untahalten, man selba die Klappe zu halten hat, bis die beeden ferdich sind? Dit man nicht dazwischen quatscht? Ick gloob, bevor se die Polizeiakademie von innen betrachten, solltn se erst ma ne Benimmschule durchloofen. Sonst wird dit nie wat mit weiteren Beförderungen, Kommissar Müller", wies Hauptkommissar Schmidt Edgar zurecht, wobei er Name und Rang laut betonte.

"Kommen Sie, wir müssen den Angehörigen die traurige Botschaft mitteilen und sie zu befragen."

Als sie gemeinsam den Raum verließen, sagte Hauptkommissar Schmidt leise zu Edgar: "Hör mir mal zu, Kleena, wenn du mir noch mal so in die Parade fährst, dann werde ick echt unjemütlich."

"Es tut mir fruchtbar leid", sagte Edgar.

"Furchtbar, du Trottel. Nich fruchtbar, furchtbar. So wie dein Jerede grade. Hör bloß uff, oda die Frau verpasst dir noch den Gnadenschuss", raunte Hauptkommissar Schmidt ihm zu.

An die Frau des Abgeordneten gewandt, sagte er: "Frau Roske, es tut uns leid, aber wir müssen ihnen leider mitteilen, dass ihr Mann tot in seinem Sportraum aufgefunden wurde."

"Tot? Aber wie? Er war doch das blühende Leben?", schluchzte sie.

"Ihm ist beim Bankdrücken eine Hantel mit 40 Kilogramm auf die Brust gestürzt."

"Oh Gott, wie schrecklich, wo er doch so begeistert vom Sport war. Er sagte immer: 'In einem gesunden Körper wohnt ein gesunder Geist.' Und nun das! Wie konnte es nur dazu kommen?"

"Das wissen wir noch nicht genau, aber wir gehen davon aus, dass es ein Unfall war. Können sie uns berichten, was ihr Mann am Vorabend des Unfalls tat?"

"Der Herr Großkommandant war zu Besuch, und sie saßen im Raucherzimmer und tranken zusammen etwas und unterhielten sich über eine Rekrutierungskampagne, die ihr Chef demnächst in Schulen starten wollte."

"Waren sie anwesend bei dieser Unterhaltung?"

"Nein, ich hatte Migräne und bin deshalb früh zu Bett gegangen."

"Ich danke ihnen vielmals für ihre Hilfe, Frau Roske. Nochmals mein aufrichtiges Beileid zu ihrem Verlust."

Edgar starrte den Hauptkommissar die ganze Zeit über fassungslos an.

Als sie das Zimmer verließen, sagte er: "Ich bin verblüfft, Chef."

"Wovon, Kleena?"

"Dass sie Hochdeutsch können."

"Hast bei deina Kleenen wohl inna Witzkiste jeschlafen, du Komika."

"Warum haben sie ihr denn gesagt, dass der Tod ihres Mannes ein Unfall war?"

"Du hast echt null Ahnung und mit deina Beobachtungsjabe isset ooch nich weit her. Mensch, hast dir ooch mal wat anderet anjekiekt als ihr Dekolleteé? Du Blitzmerka, erstma sind die Dinga nich echt, dit sieht nen Mann uffn ersten Blick. Zweetens haste dir mal ihr Pfoten anjekiekt, weeß wie Porzelan, weich wie ne Sommerbrise, keene Arbeitsspuren. Anjeklebte, lackierte Fingernägel, fein säuberlich blondierte Haare. Die hat noch keenen Tach in ihrem Leben jearbeitet, also nich inna Vertikalen. Die Alte iss jenau dit gleiche wie deene Kleene, Armschmuck."

"Armschmuck? Wie meinen sie das?"

"Janz einfach, dass sie bei öffentlichen Ufftritten deenen Arm schmückt, wennse sich bei dir unterhakt, oder wennse deene Hand hält. S'e wird wahrscheinlich nie Lili Soundso sein, sondern immer die Frau von ..., se wird nie als eijenständige Person wahrgenommen, sondan immer nur als Anhängsel von irjendjemanden. Vastehste? Die größte Leistung im Leben solcha Frauen isset, im richtijen Moment 'Ja' zu sajen. Die ham von Politik keene Ahnung, woll'n und müss'n se ooch nich, denn um allet wichtije kümmert sich ihr Stecha. Die Frau hat keene Ahnung, dit derzeit die Abjeordneten sterb'n wie die Fliejen im Winta. Und um se nich unnötig uffzurejen und zu vameiden, dit se als Abjeordneten-Witwe beim Großkommandanten Druck macht, dit wa den Täter schleunichst zur Rechenschaft ziehen solln, hab ick ihr erzählt dasset nen Unfall war. Ick hätte ihr ooch erzähln könne, dassa vonem LKW in seim Fitnessstudio platt jefahren wurde, dit hätte se mir mit zweemal nachfragen ooch jegloobt."

"Wirklich? Das glaube ich nicht."

"Oh Mann ey, du bist noch viel weiter hinterm Mond, als ick jedacht hab. Mensch, wa haben Dienstmarken, damit habn wa bei solchen Menschen automatisch recht, weil wa ne Dienstmarke haben. Wende der erzählst, dit du se jetzt grad janz dringend pimpern musst, weil dit entscheidend für die Innere Sicherheit iss, dann legt die vor dir nen Weltrekord im Ausziehen hin."

"Ich dachte, sowas gibt's immer nur im Porno."

"Ick sachte ja vorhin schon, dit die wahrscheinlich noch nie vertikal jearbeitet hat. Von horizontal war nie die Rede."

"Sie meinen, diese Frau hat früher als Pornodarstellerin gearbeitet?"

"Dit meene ick nich nur, dit wees ick hundertprozentig."

"Haben Sie Beweise? Weil ansonsten ist das Rufmord, wie Sie wissen."

"Ick habe massenhaft Beweise zuhause. Wenn deine Freundin ma mit dir Schluss machen sollte, oder wende nur ma so zwischendurch Bock druff hast, kann icks dir mitjeben, dann kanste dir die jute Frau mal so richtig in Aktion betrachten."

"Nein, danke. Lili und ich lieben uns für immer und werden uns niemals trennen."

"Dit hab ick damals zu ihrer Mutter ooch jesacht."

Bei diesen Worten wurde Edgar leichenblass und ihm wurde flau im Magen. Sie verließen das Haus und fuhren zur Zentralen Leichenhalle.

Am Empfang der Leichenhalle erkundigte sich Hauptkommissar Schmidt: "Wo findn wa den Patienten Herrn Roske? Der Jute wurde mit ner akuten Lungenperforation hier heute Mittach eingeliefert."

"Saal 403, bei Frau Doktor Bissmeyer", sagte die Dame am Empfangstresen.

"Oh, nein, nicht schon wieder diese grummelige alte Schnappschildkröte", stöhnte Edgar.

"Wen haste denn erwartet? Wir haben nur eene Pathologin, mehr brauchen wa ooch nich und außerdem haben se die ooch nur noch der Vollständigkeit halba. Wat wäre ne Polizei ohne Pathologie? Aussadem hat se jenuch für drei uffm Kasten."

Sie erreichten Saal 403.

Hauptkommissar Schmidt setzte gerade an, anzuklopfen, da dreht sich die Pathologin um und sagte in barschem Ton zu den beiden: "Keene Witze, keene Sprüche, keene Unterbrechungen, der Großkommandant geht mir schon jenuch uff die Eier ..."

"Aber Frau Doktor, das ist doch ...", unterbrach Edgar sie.

"WATT HAB ICK JESACHT? HALT DIE SCHNAUZE, ODER DU BIST GLEICH MEEN NÄCHSTA FALL!", brüllte sie mit wutverzerrter Miene.

Wieder an beide gewandt, sagte sie etwas ruhiger: "Habe ich mich klar ausgedrückt?"

"Ja", antworteten Edgar und der Hauptkommissar gleichzeitig.

"Sehr schön, dann sperrt mal eure Horchlöffel uff und macht den Suppenschacht zu, ick will mir nicht unnötich wiederholen. Als dit Opfa starb, waret voll wie tausend Russen, blau wie ne Strandhaubitze. Der hatte eene Fahne, mit der hätta fast Feuer spucken könn. Den Blutalkoholwert hätte ick fast in Prozenten anjeben können. Er hat ooch noch nen Hämatom am Oberarm, als hätte ihm eener dajegen jehaun. Wat erklären würde, wia die Stange hat falln lassen könn, ohne dassa danach um Hilfe jerufen hat."

"Also war et Mord?"

"Janz eindeutig."

"War ja irjendwo klar."

XXXII

Am nächsten Morgen betrat Edgar pünktlich um neun Uhr das Büro. Hauptkommissar Schmidt saß bereit an seinem Tisch und studierte eine Akte.

"Guten Morgen Herr Hauptkommissar", sagte Edgar.

"Morjen, schön das de ooch da bist. Jrade is da Bericht zum Jiftanschlag vonna Spurensicherung jekommen."

"Und was haben Sie gefunden?"

"Spurn von Aconitin im Tee, 'nem ziemlich interessanten Stoff."

"Was soll an diesem Stoff so interessant sein?"

"Naja, alleen die Beschaffung is scheiße schwierig. Und dann erst die richtije Portionierung, da brauchste fast'n Apothekerausbildung. Dit iss eijentlich nen Pflanzenjift."

"Ja und? Nun rücken Sie doch schon raus mit der Sprache!"

"Na ja, eene Gruppierung, die drei Abgeordnete umnietet, die sich dann plötzlich zu blöde anstellt, eenen weiteren um die Ecke zu bringen und ne Scheibe einzuwerfen. Wo kommt plötzlich diese brandjefährliche Inkompetenz her?"

"Sie meinen hinter der Attentatsreihe steckt jemand völlig anderes? Sie meinen, dass wir bisher in die Irre geführt wurden?"

"Janz jenau, du hast dit erfasst. Die Fraje iss, wer steckt dahinta und will uns am Riechzinken rumschleif'n? Also, nu zu den drei wichticksten Frajen in solchen Fällen: 'Wer hat die Jelegenheit dazu? Wer hat die Mittel dazu? Wer zieht'n größten Nutzen aus da Sache?"

"Und an wen denken Sie da?"

"Ick hab nicht die jeringste Ahnung, wer dit sein könnte. Fassen wa zusamm', dit erste Opfa wird höchstwahrscheinlich mit ner Polizeiknarre umjenietet. Dit zweete Opfa muss durch ne Überdosis Pflanzenjift dran glooben. Eens muss ick den Tätan lassen, se haben nen ziemlich kranken Sinn für Ironie."

"Warum?"

"Naja, dit erste Opfa war nen krassa Pazifist. Keene Jewalt und so, und dit zweete Opfa war eener von der Jrünen, sonen Ökologika. Keene Pestizide, Marienkäfer jejen Blattläuse, bloß keene Chemie, um Himmelswillen. 'Die Pflanzen sind unsere Freunde', Bäume umarmen und so weiter. Und nu wurda durch ne Pflanze jekillt. Aba zurück zum Thema. Schusswaffen und dit Jift bekommt man in Berlin so jut wie jarnich. Fürn Umjang mit Eisenhut broochste de höchste Sicherheitsklassifizierung und musst ne Botanikertätigkeit nachweesen. Und an die Knarre kommste höchstens als Polizeibeamter ran."

"Dann müssen wir doch nur die Mitarbeiterkartei der Polizei abgleichen, ob darunter ehemalige Gärtner sind."

"Dit halte ick für wenija sinnvoll."

"Warum?"

"Weilet zu offensichtlich iss. Und seit der Aktion mit dem Stein und der Scheibe mache ick in diesm Fall nen jroßen Bojen um die allzu offensichtlichen Sachen."

"Dann halt alle Mitarbeiter, die Kontakte zu Gärtnern oder Botanikern unterhalten."

"Ahh, du kommst da Sache schon näha. Ick sehe, dit de nich nur unnütze Platz- und Luftvaschwendung bist. Jut, na dann mal ab ins Archiv."

"Ich gebe unsere Ergebnisse an den Großkommandanten weiter, damit er beruhigt ist und sieht, das wir Fortschritte machen."

"Ja ja, mach dit."

Als Edgar den Raum verlassen hatte, sagte der Hauptkommissar zu sich selbst: "Speichellecker."

Eine Viertelstunde später erreichten Edgar und Hauptkommissar Schmidt das Zentrale Polizeiarchiv. Sie betraten den Eingangsbereich des Archivs und gingen zu den Mitarbeiterverzeichnissen.

"Berta, meen Lichtstrahl in finstastas Nacht, du hier und nich in Hollywood?"

"Mensch, Alfred, lange nicht gesehen und trotzdem wiedererkannt."

"Du musst uns ma helfen. Wir benötigen nen paar Daten aus deinem unermesslichen Wissensschatz."

"Aber immer doch. Kann aber länger dauern"

"Wir broochen doch nur nen paar Mitarbeiterakten."

"Gibts nicht, das Computersystem ist ausgefallen."

"Na, wattn Zufall", sagte Schmidt resigniert.

"Sie sehen da einen Zusammenhang?", fragte Edgar.

"Du etwa nich?"

"Nein, wieso denn auch?"

Er wandte sich an die Archivarin: "Berta, meen Sonn'schein, wann iss den euer superdupertolles System abjeschmiert?"

"Ach Alfred, du alter Chameur, vor ungefähr zehn Minuten."

"Was soll der Zeitpunkt und die Tatsache des Systemabsturzes mit unseren Ermittlungen zu tun haben, Herr Hauptkommissar?"

"Dit behindert unsare Ermittelungen enorm, meen Kleener. Weil wa dit jezze uff die alte, die harte Tour machen. Gloob mir, dit wird dir nich jefallen."

"Uhh, ich mag's altmodisch und hart", präsentierte sich die Archivarin mit durchgestrecktem Rücken, was ihr kurvenreiches Profil zur Geltung brachte.

Hauptkommissar Schmidt grinste sie belustigt an, Edgar schluckte.

"Oah, wie süß, der Kleine wird rot", lachte Berta.

Sie kniff ihm in die Wange.

"Na na na, nur nicht schüchtern sein. Auf alten Schiffen lernt man segeln."

"Berta, der hat schon 'ne Freundin, die könnt glatt deine Tochta sein", unterbrach der Hauptkommissar sie.

"Hach ja, mein kleines Mädchen hat auch einen neuen Freund. Das muss einer von euren neuen Kollegen sein. Ein frisch gebackener, knackiger, strammer Kommissar sagt sie, ein echter Hengst soll das sein. Den würde ich mal zu gern näher kennen lernen."

Bei diesen Worten machte sie mit der Hand eine Geste, als zöge sie Edgar mit einer Kralle in ihre Richtung. Dessen Gesichtsfarbe war mittlerweile bei Zinnoberrot angekommen und er war bis auf die Knochen durchgeschwitzt. Er krallte sich, um die Ruhe zu bewahren, am Tresen fest, so dass seine Knöchel weiß hervortraten.

"So, jezze mal weita im Text. Würdeste uns bitte zu den Mitarbeiterakten führn"

"Ich soll euch in die finsteren und engen Gänge des Archivs einführen?"

"Nur die vom Archiv, bitte", konterte Schmidt.

Die Archivarin griff sich ein Klemmbrett und ging zügig los. Beim Laufen wakkelte sie nicht mit ihrem Hinterteil, sie schwenkte es dermaßen verführerisch, dass Edgar, der direkt hinter ihr lief unwillkürlich an Lili denken musste.

"So, da sind wir", sagte sie plötzlich.

Sie dreht sich um und drückte sich mit dem Klemmbrett ihren Busen ein bisschen hoch und mit ihren Oberarmen zusammen, um ihr stoffarmes Dekolletee einladend zu präsentieren. Sie hatte auf dem Weg hierher einen weiteren Knopf ihrer Bluse geöffnet und zupfte sich am Rand ihrer weit offenstehenden Bluse.

"Puh, ist das hier so stickig, oder ist nur mir so heiß?"

Edgar hatte plötzlich das Gefühl, er müsste in einer Pfütze seines eigenen Schweißes stehen.

"Ich lass euch Männer dann mal alleine", sagte sie.

Sie drängelt sich in dem engen Gang an Edgar vorbei so dass ihr Busen seine Brust streifte. Edgar lief der Schweiß in Strömen herab.

Als sie an ihm vorbei war, gab sie ihm einem Klaps auf den Hintern und griff kurz zu: "Sei lieb zu meinem Töchterchen, sonst lernst du mich kennen! Schutztruppe hin, Schutztruppe her."

Hauptkommissar Schmidt grinste ihn süffisant an und musterte ihn von oben bis unten, verweilte mit seinem Blick auf seinem Hosenbein, dann hüstelte er künstlich. Edgar begriff nicht, was er wollte. Der Hauptkommissar deutete mit einem Nicken auf Edgars Oberschenkel. Dort hatte sich nahe der Hüfte ein dunkler Fleck gebildet.

"Wenn de willst, hab ick nachher im Büro ne frische Hose für dir."

"Danke", murmelte Edgar.

Hauptkommissar Schmidt öffnete die erste Schublade, und sie fingen an, nach den Unterlagen zu suchen.

XXXIII

"Habt ihr nichts veganes hier unten?", fragte Easy.

"Ähh doch, jezze, wo de so frachst. Hinterm Haus hab ick noch nen Jemüsebeet, mit Erbsen, Jurken, Radieschen, Kartoffeln und Möhren", sagte Thul.

"Vergiss nicht die wunderschöne Blumenwiese gleich daneben", fügte Kette hinzu.

"Oh, das ist doch mal was Tolles, das muss ich mir unbedingt angucken", freute sich Easy.

Sie ging durch die Tür, auf die Thul gezeigt hatte und stand vor einem grauen, trostlosen Haufen Waffenschrott. Verbogene Gewehre, explodierte Kanonenrohre und ausgebrannte Motorräder waren innerhalb eines großen, aus allen möglichen Sachen zusammengeschweißt- und geschraubten Zauns aufgetürmt.

"Wenn ma dir erzählt, im Himmel iss Jahrmarkt, jehste ooch los und fragst nach Karten, wa?", bemerkte Kette, lässig an den Türrahmen gelehnt.

"Wie bitte?"

"Du gloobst aba ooch allet, watt dir so erzählt wird, oda? Soviel iss bei mir von Aknes' Pflanzenkunde hängenjeblieben: Ohne Ufau-Licht keen Wachstum. Und wir haben hier unten noch nich ma Saat-Dingensbumsens. Wir ham zwar Samen hier unten, aber da kommt keen Jemüse bei raus."

"Was meinst du damit?"

"Vonna Sache mit den Bienen und den Blümchen ham se euch da oben aba schon erzählt?"

"Ach so, ja, hat man, du wirst es kaum glauben. Könntest du dich bitte bemühen, das Niveau wieder annähernd auf Augenhöhe zu bringen?"

"Ick versuchs ja, aber du präsentierst mir imma wieda so zauberhafte Steilvorlagen."

"Ich verpasst dir gleich eine Steilvorlage. Dann hat sich das bei dir aber vorerst erledigt mit Bienchen und Blümchen."

"Dit will ick sehen", sagte Kette und grinste Easy schelmisch an.

Easy holte zu einer Ohrfeige aus, die Kette jedoch lässig blockte und sie dabei immer noch angrinste. Das Grinsen ging jedoch zügig in eine Leidensmiene über, nachdem Easy Kette schnell hinter einander mit den linken Fuß vor das Schienbein trat und ihm das rechte Knie zwischen die Oberschenkel rammte. Mit einem leisen Stöhnen ging Kette leise in die Knie. Als er auf dem Boden kniete und Easy neben ihm stand, setzte sie ihren Fuß gegen seinen Oberarm und schubste ihn um. Kette blieb liegen, sie ging zurück in die Werkstatt.

Fünf Minuten später ging Thul in den 'Gemüsegarten', um nach seinem Kumpel zu sehen. Er fand ihn zusammengekrümmt, mit den Händen im Schritt, auf dem Boden liegend vor.

Er kniet sich zu ihm, fasste ihn an der Schulter und fragte: "Keule, allet ok bei dir?"

Ein leises, hohes "Miiieeep" war der einzige Ton, den Kette raus brachte.

"Ey, Keule, wat iss mit dir?"

"Easy hat mir jekonnt in die Eier getreten", ächzte Kette.

"Okay jezz reichts! Die Schnalle mach ick platt", schrie Thul und packte den schweren Rollgabelschlüssel an seinem Gürtel.

Kette packte ihn am Gürtel und hielt ihn fest: "Nee nee neee! Ick hab jestenkert."

"Lass mir raten, du hast jepöbelt wien Großer und uff die Eier bekommen wien Kleener?"

"Jo."

"Na jut, dann komm mal wieder uff die Beene und rinn, musst ja nich unnötich meen schönen Jarten vaschandeln."

Während er sprach, half er Kette wieder auf die Beine zu kommen.

Als sie wieder die Werkstatt betraten, saß Easy schmollend mit verschränkten Armen in einer Ecke und guckte zu einem, zur Schießscharte umgebauten, Fenster raus.

Kette ging steifbeinig zur Munitionspresse während Thul sich an Easy wandte: "Ey, sach mal, gloobst du, wir sind hier inna Pension 'Zur schönen Aussicht', oder warum glotzt du da so unproduktiv aus'm Fensta? Ick jeb dit ja zu, dit dit von Kette nich die feine englische Art war, aber ihr habt dit eindeutich jeklärt, und du hast keenen Grund mehr zum Schmollen. Entweder bringste dir jezz hier ein oder jehst raus. Wir sind hier keene Wärmestube für Jestrandete."

Easy guckte Thul an: "Sag mal, was erwartest du eigentlich von mir? Ihr macht euch die ganze Zeit über mich lustig, respektiert mich und meine Ansicht in keiner Weise, und dann soll ich euch noch zu Diensten sein? Da hätte ich ja auch gleich bei Kommissar Ursow oder diesen Idioten von den Schwarzen Wölfen bleiben können."

"Na na na, bitte setz uns jezze nich mit diesen faschistischen oder stalinistischen Wirrköppen gleich. Im Jegensatz zu denen kannste bei uns jederzeit jehen, wenns dir nich mehr passt. Ooch wenn wir dir veralbern und nen wenig ärjern, würde sich keener von uns an dir vagreifen, noch würden war dir im Stich lassen, solange du uns untastützt. Und zu juter Letzt ist deene einzije Pflicht, wennde hier bleiben willst, dit de am Bestehen von unsam Kollektiv mitwirchst", beendet Thul seinen Vortrag.

"Ich will aber gar nicht Mitglied sein in eurem blöden Kollektiv. Ich will zurück nach Hause!", sagte Easy trotzig.

"Und wie stellste dir dit vor?"

"Keine Ahnung, ich kenne mich hier unten ja nicht aus."

"Es jibt zwee Zujänge nach draußen ..."

"Aber, wenn es Ausgänge gibt, was hält euch dann noch hier unten?", fiel Easy ihm ins Wort.

"Diese sojenannte Städtische Schutztruppe."

"Nein, du musst dich irren. Die Städtische Schutztruppe beschützt uns vor dem kriminellen Abschaum, den Mutanten und den Katakombenkrüppeln die hier unten lauern."

"Aha, danke für de Blumen. Wat meenst du, als was ick da oben bei dir durchjehen würde mit meem Handwerch?"

"Als nicht-lizensierter Waffenhersteller? Da wärst du … kriminell."

"Und würdeste mir hier als Kriminellen bezeichnen?"

"Nein."

"Trotzdem komm'n wa nich durch."

"Ey, könnt ihr euer Teekränzchen uff später valejen? Wir haben immerhin noch wat zu tun", rief Kette von der Munitionspresse herüber.

"Ja ja", antwortete Thul.

"Ja ja heißt, leck mir am Arsch, und du, Thul, bist echt nicht meen Typ."

"Ick wees jar nich, watte hast. Durchtrainiert, keen Gramm zuviel und'n sexy Overall an", antwortete Thul, spöttisch wie ein Pin-up-Girl posierend.

"Ick sach ma so, du bist ma eindeutich zu maskulin."

"Ihh, kiek mal, der kann Fremdwörta", sagte Thul zu Easy, und zu Kette: "Wat solln dit heissen zu maskulin? Die Weiber in deinen Schmuddelheften sehn, abjesehn vonne Brüste und de langen Haare, ooch nicht großartig anders aus als icke."

"Ey Keule, janz einfach, deine Brüste sind mir zu kleen und deine Klitoris iss mir eindeutich zu groß jeraten. Aussadem ham die keene zentimetadicke Maschinenfettschicht uff da Haut."

"Jo, mag sein, aba damit flutscht dit bessa", sagte Thul.

Easy verzog während dieses absurden Dialogs angewidert das Gesicht.

Kette bemerkte es zuerst: "Ahh kiek mal, da hat eener janz arges Kopfkino, hahaha!"

"Ey, ganz geschmeidig bleiben, Easy", sagte Thul.

"So wie du vielleicht?", antwortete sie bissig.

"Wir ham da noch ne Tube Maschinenfett uff Laja. Wenn de willst, kann ick dir damit den Rücken einschmiern."

Bei den letzten Worten ging er schnell in Deckung, denn Easy hatte sich die gusseiserne Pfanne gegriffen und wollte sie gerade in Kettes Richtung schleudern, als Thul rief: "Ey nee, nich die!", und riss damit Easy die Pfanne aus der Hand.

"Nimm lieber die hier, die kann ick hinterher uffm Amboß wieder grade dengeln", sagte er und drückte ihr die schmiedeeiserne Pfanne in die Hand.

Sie stürmte auf Kette zu, der immer noch hinter der Presse in Deckung hockte. Als sie fast bei ihm war, die Pfanne zum Schlag erhoben, warf Kette ihr ein paar Patronenhülsen in den Weg. Sein Plan verlief wie am Schnürchen. Easy tat wutentbrannt einen weiteren Schritt und trat auf die Patronenhülsen, rutsche aus und fiel der Länge nach hin.

"Oh Gott, du bist inna Werkstatt volla Waff'n und jehst mit na Bratpfanne uff mir los", kommentierte Kette das Geschehen.

"Du blödes, dämliches Arschloch!", fluchte Easy und schlug mit Bratpfanne gegen Kettes Knöchel.

"Du elendet Biest", schrie dieser wutentbrannt und holte mit dem Stiefel aus, um auf die am Boden liegende Easy einzutreten.

"Okay, Kette, jezz reichst's!“ intevenierte Thul. „Schluss mit lustich. Du verlässt jerade sojar den Bereich des schlechten Jeschmacks. Wenn de dir nich gleich zusammenreißt, bekommst eene von mir uffn Deckel und zwar saftich."

"Hmm, vadammt, stimmt. T'schuldijung, hab ick doch glatt meen juten Marinaden vajessen", entschuldigte sich Kette und wollte Easy aufhelfen.

"Als ob du jemals Manieren gehabt hättest."

"Ey, nüscht jegen meene Manieren, alle freun sich, wenn ick die Rattensteaks in meene selbstzusammen jerührte Maniere einleje."

"Das heißt Marinade, was du meinst, Kette …", brachte der Falke sich aus dem Hintergrund ein.

"… und marinieren hat nichts mit Umgangsformen zu tun. Wie der gute Thul schon mal sagte, reißt euch mal wieder zusammen. Vertragt euch wieder, ist doch echte Kinderkacke, was ihr hier macht. Du, Easy, sei nicht so empfindlich und verliere nicht bei jedem doofen Spruch von den zwei Blitzbirnen die Fassung, die kochen auch nur mit Wasser. Und ihr zwei könntet euch auch professioneller aufführen, besonders du Kette. Man könnte meinen, dass du ein Sextaner vom katholischen Klosterinternat bist, so wie du dich benimmst."

"Ja, Papa", sagte Kette ironisch.

"Wie, das ist euer Vater?", fragte Easy entgeistert.

"Papa?", fragte Thul mit gespielter kindlicher Stimme, und mit ausgebreiteten Armen stürmte er auf den Falken zu.

"Papaaaaaaaa!"

"Nein! Gott möge mich vor so einer Brut bewahren", sagte der Falke panisch.

Währenddessen war Thul drei Schritte vor dem Falken stehen geblieben und lachte sich über die dummen Gesichter der beiden schlapp.

Eine Stunde später hatte Thul Easy in die Bedienung der Munitionspresse eingewiesen, welche sie zaghaft und mit größter Vorsicht und einem, daraus resultierenden, unglaublichen Schneckentempo bediente. Thul war mit dem Fernrohraufsatz für den Falken beschäftigt, welcher in der Kanzel der Gatling-Gun Wache hielt. Währenddessen stand Kette am Herd und bereite die Mahlzeit zu. Rattengulasch mit Mais, Erbsen und Reis.

Später beim Essen fragte Easy: "Wo das Fleisch herkommt, ist ja nun geklärt. Aber wo kommt der Rest her? Reis und Mais wachsen doch gar nicht in diesen Breitengraden. Die werden doch nach Deutschland importiert."

"Jopp, iss definitiv Importware", antwortete Kette mit vollem Mund.

"Kette, deine Manieren. Mit vollem Mund spricht man nicht", ermahnte der Falke ihn.

"Ja, aber wie kommen denn die Sachen hier runter?", fragte Easy erneut.

Thul schluckte geräuschvoll runter: "Wenn du wüsstest, wat die da oben so allet runta spülen."

"Nein! Das ist ein grausamer Scherz! Das ist nicht wahr. Das das darf nicht wahr sein!", stotterte Easy entsetzt.

Thul aß ruhig weiter, der Falke guckte betreten auf den Tisch und Kette konzentrierte sich krampfhaft auf seinen Teller und aß geräuschvoll weiter.

Schließlich brach der Falke das Schweigen: "Doch. Es wird je nach Standort gefiltert und gereinigt und anderweitig aufbereitet."

"Ihr esst Kot?"

Blankes Entsetzten stand in Easys Gesicht.

"Nein, nicht ganz. Wir verwerten die Essensreste, die in die Kanalisation geleitet werden. Die Alternative wäre Kannibalismus", erklärte der Falke.

Unverständnis stand in Easys Gesicht geschrieben.

"Wennet für dir einfacher zu vastehen iss. Jopp, wir fressen eure Scheiße. Willkommen bei de Katakombenkrüppel", sagte Kette sarkastisch.

Easy sprang auf, hielt sich die Hand vor den Mund und stürmte auf den Hinterhof.

"Solln wa deene Portion uffheben?", rief Kette ihr nach.

Würgegeräusche waren die Antwort.

"Ick gloob nich", sagte Thul.

"Hättest du es ihr nicht diplomatischer erklären können?", fragte der Falke.

"Wat? Hätte ick noch mehr Euphemismen als du benutz'n soll'n? Dit wäre ne echte Leistung jewesen. Damit hätte ick mir beim R.S.K. als Redenschreiba bewerbn könn", konterte Kette.

Nach dem Essen vorbei war kam Easy blass und erschöpft wieder rein.

"Und jetzt? Weiter arbeiten?", fragte sie Thul.

"Nee, lass ma für heute wars jenuch. Dit Soll an Munition is für heute erfüllt und bei dem Fernrohr würd ick nur noch Murks baun. Feiaabend für heute. Zeit fürn Bierchen."

"Woraus wird das Bier hier gemacht?", fragte Easy ängstlich.

"Weeste, dit iss wie mit dem Futta hier, frag lieba nich, sondan jenießit in selija Unwissenheit", sagte Kette zu ihr und gab ihr ein geöffnetes Bier.

"Thul, du erwähntest vorhin etwas von Ausgängen aus dieser Anlage." sagte Easy.

"Jo, die jibts. Aber schon wie jesacht, die sind schwer bewacht. Eenen musset inna Nähe von Hellvillage jeben", sagte Kette.

"Woher willstn dit wissen?", fragte Thul.

"Weil da öftas Panza jesichtet wurdn, und damit meen ick nich die ollen Jurken der R.S.K. oder der Schwarzen Wölfe. Ick rede von neuen Kampfpanzan mit Nachtsichtjeräten, Zielcomputan und mit ohne Vabrennungsmotor", berichtete Kette.

"Ein anderer Zugang befindet sich am Alexanderplatz", sagte der Falke.

"Aha und welches Vöjelchen hat dir dit gezwitschert?", fragte Kette gehässig.

"Ich weiss zufällig genau, wo er ist", gab der Falke ungerührt zurück.

"Echt, wo denn, Meester Oberschlau?", hakte Kette nach.

"Es ist der Fernsehturm, du militaristischer Wadenbeisser." gab der Falke zurück.

"Aber den könnt ihr gleich vergessen. Mit der Feuerkraft, die dort bereitsteht, könnten die Berlin dreimal einäschern", sagte der Falke.

"Bleebt also nur noch der Ausjang Hellvillage", sagte Thul.

"Klar, wenn du eine ganze Armee platt machen kannst, ist das kein Problem. Aber ich glaube, dass das selbst eure Kampf- und Feuerkraft übersteigt", sagte der Falke.

"Qualität statt Quantität, meen Lieba", schaltete sich Kette ein.

"Diese Quantität könnt ihr nie und nimmer mit Qualität wett machen", sagte der Falke.

"Zum Glück kenn ick jemanden, der dit kann", schloss Kette und lächelte in sich hinein.

XXXIV

"Wie spät ist es eigentlich, Herr Schmidt?"

"Zu speet, wennde mir frachst."

Edgar guckte auf seine Armbanduhr und sprang erschrocken hoch: "Verdammt, ich wollte vor einer Stunde los!"

"Hä, wat? Wann de hier los kannst, bestimmt imma noch da Dientsplan."

"Wir hatten vor anderthalb Stunden Dienstschluss."

"Vadammt, warum hast du nüscht jesacht?"

Hauptkommissar Schmidt sprang ebenfalls auf und legte die Akte, die er gerade hatte, ordentlich auf den Tisch: "Los los los, ick will hier nich vasauan. Ick schätze, du willst ooch schnellstens los zu deinem Hasiputzi, oder nich?"

"Doch ja, aber ich muss mich vorher noch mal umkleiden."

Hauptkomissar Schmidt griff sich die Kanne mit dem mittlerweile kalten Kaffee und goß Edgar ein kräftigen Schwall über das Hosenbein.

"Spinnen Sie jetzt vollkommen, was soll der Mist? Ich habe jetzt noch ein Rendezvous und nun rieche ich wie eine Kaffeemaschine."

"Bürschchen, wat iss dir lieber? Dit de deener Süßen erklärst, dit dein vatrottelter kauziger Chef dir Kaffee übas Been jekippt hat oder das de beim Anblick der Titten ihrer Mutter jekommen bist?"

"Danke, Chef", sagte Edgar daraufhin und verließ eilig das Archiv.

Auf der Straße rief er sich ein Taxi und ließ sich zum Märchenbrunnen im Volkspark Friedrichshain fahren.

Dort wartet Lili schon sehnsüchtig auf ihn. Sie trug einen Petticoat mit einem Ausschnitt, der tief blicken ließ. Dazu Ballerinas mit Riemchen. Als sie Edgar sah, der gerade aus dem Taxi stieg, rannte sie mit ausgebreiteten Armen auf ihn zu.

"Edgaaaaaaaar", rief sie dabei.

Als sie ihn erreichte, nahm er sie ihn in die Arme, hob sie hoch und drehte sich mit ihr um seine Achse. Nachdem er sie wieder abgesetzt hatte, küssten sie sich sich lange und intensiv.

Sie setzten sich auf eine der Parkbänke.

"Oh sieh nur, wie schön der Sonnenuntergang heute ist", sagte Lili und deutete auf die Sonne, die im Westen zwischen dem Prenzltower und der Greifwalder Straße unterging. Langsam wurde es kalt und Lili fing in ihrer leichten luftigen Kleidung ein bisschen zu zittern an. Edgar zog seine Jacke aus, legte sie ihr um die Schultern und nahm sie in den Arm. Sie schmiegte sich an ihn.

"Ich bin so froh, dass wir uns begegnet sind", sagte Edgar.

"Ja, was für ein glückliches Schicksal", seufzte Lili.

"Hattest du viele Frauen vor mir?"

"Im Gegensatz zu dir waren das keine Frauen, sondern nur Gespielinnen, Betthäschen."

"Waren es viele?"

"Nein. Ich bin froh, dass du bei mir bist."

"Bei dir fühle ich mich sicher und geborgen. Selbst, wenn nächste Woche Berlin in Flammen aufgehen würde. Solange du bei mir bist, würde mich nur interessieren, dass es dir gut geht."

Lili stand auf und setzte sich rittlings auf Edgars Schoß. Plötzlich durchlief sie ein lustvoller Schauer. Und gleich darauf ein zweites Mal. Diesmal merkte sie, dass es von der Innenseite ihres Oberschenkels kam.

"Ohh Edgar, wie machst du das nur?", stöhnte sie erregt.

"Das mach ich nicht, das macht mein Funktelefon, das ist der Vibrationsalarm."

Lili erhob sich von Edgar. Dieser fummelte verärgert sein Handy aus der Hosentasche.

"Müller?", fragte er gereizt in das Handy.

"Nu mal nich so unjehobelt, Rambo junior. Hier spricht dein von dir platonisch heißjeliebter Chef, Hauptkommissar Schmidt. Steig mal von deinem Schnurtzel runter, zieh dir an und komm her. Wir haben nen Termin, und wenn de Neuberlin demnächst nich wieda von unten betrachten willst, sollteste dein Schäfastündchen vaschieben und deinen Astralkörper hier her verfrachten. Und zwar ZZ! Schmidt Ende!"

Der Hauptkommissar hatte aufgelegt.

Lili saß mit trauriger Miene neben Edgar: "Musst du weg?"

"Ja, Schatz, ich muss. Ich habe keine andere Wahl."

"Ich liebe dich, Edgar."

"Ich dich auch, mehr als alles andere auf der Welt."

Sie umarmten und küssten sich zum Abschied.

"Ich komme so schnell ich kann zu dir. Einverstanden?" fragte Edgar.

Lili lächelte: "Habe ich denn eine andere Wahl?"

"Nein, leider. Ich muss los, sonst macht man mir die Hölle heiß."

Edgar ließ sie los und machte sich auf den Weg zum Büro des Großkommandanten.

XXXV

Edgar und Hauptkommissar Schmidt standen im Büro des Großkommandanten und sollten Bericht erstatten. Der Großkommandant saß hinter seinem Schreibtisch und wartete ungeduldig auf das, was die beiden zu erzählen hatten.

"Müller, wie ist der Stand der Ermittlungen?", fragte der Großkommandant.

"Nun ja …" fing Edgar zu stammeln an.

"Wo wa uns sicher sein könn iss, dit der oder die Mörder nen ziemlich morbiden Humor haben. Dit erste Opfa, een bekennenda Pazifist, iss durch brutale Waffengewalt abgenippelt. Dit zweete Opfa, son Naturfreund, nen Baumkuscheler, son Ökohippie starb durch'n Pflanzenjift, und dit derzeit letzte Opfa, een ehemaliger Leistungssportler, starb bei nem 'Sportunfall'", fiel im Hauptkommissar Schmidt ins Wort.

"Habe ich Sie gefragt, Hauptkommissar? Ich glaube nicht", fuhr ihm der Großkommandant barsch über den Mund.

"Ja, wolln se nu Infos zum Stand vonne Ermittlungen ham oder wat schönet hörn? Ick hätte da noch ein paar schnieke urbane Lejenden uff Lajer."

"Hauptkommissar Schmidt, wenn Sie so weiter machen wie bisher, dann werden Sie nie weiterkommen als bis zum Hauptkommissar."

"Will ick überhaupt weita kommen, muss ick dit?"

"Herr Großkommandant, wir verfolgen derzeit eine Gruppe, die sich selbst 'Wir kriegen euch alle' nennt. Sie drohen, wenn sich die Städtische Schutztruppe nicht auflöst, dann werden weitere Abgeordnete sterben", sagte Edgar kleinlaut.

"Herr Großkommandant, ick halte dit fürn Abelenkungsmanöver, um uns uff ne falsche Spur zu bringen", sagte Hauptkommissar Schmidt.

"Ach so? Und wie kommen Sie zu dieser Vermutung, Hauptkommissar?", fragte der Großkommandant bissig.

"Naja, se ham zwar ooch schon die Ufflösung jefordert, aber nie mit so drastischen Drohungen und schon jar nich mit Mord. Aussadem möchte ick anzweifeln, dit die Zujriff uff polizeiartige Waffen oder schwerst jiftige Stoffe haben, mal abjesehn von ihren vejanen Vokiis."

"Was sind 'Vokiis' Herr Hauptkommissar?", fragte Edgar dazwischen.

"Das würde mich jetzt aber auch interessieren", setzte der Großkommandant nach.

"Vokiis sind deren Abkürzung für Volksküche, also jünstig Futta für alle die nich sonen prallen Jedlbeutel haben und zu faul oder zu unfähig zum selba kochen sind."

"Woher wissen Sie, was und wie diese 'Vokiis' sind?", frage Edgar ungläubig.

"Das ist ja hoch interessant, was und wie Sie so alles herausfinden", setzte der Großkommandant nach.

"Na, janz einfach, ick habs ma probiert. Meene Mutta hat immer jesacht, man soll erst mal allet ausprobieren. Hintaher kann man dit immer noch scheiße finden."

"Sie bewegen sich also in ihrer Freizeit in solchen linksextremistischen, staatszersetzerischen Kreisen. Kein Wunder, dass die Ermittelungen so schleppend vorankommen."

"Ey, dit eene hat mit dem anderen nüscht zu tun. Ick war da mal vor nen paar Jahrn, nur um mal so zu kieken und kosten, was da so jegen die Jesellschaft so uffbejehrt. Ick bin mir ausserdem nich mal mehr so sicher, dit dit diese linken Kasperköppe sind, die da die Abjeordneten umnieten. Die Morde sind viel zu professionel ausjeführt. Eh die ne Ratte totschlajen, machen die vorher noch ne interne Besprechung zu Gewaltlegitimation. Dit sind höchtens randalierene, neidische Hippies.

Ne ne ne, der oda die Killer, die sich hier unsara Abjeordneten anehmen, dit sind Profis. Der Stein, den se nach Rambo-junior jeschmißen haben, der war wahrscheinlich jerechtferticht, zur Nachrichtenübermittelung war dit wiederum stümperhaft und untypisch. Die Linken nutzen schon seit Jahrzehnten dit Intanet, um sich zu wat zu bekenn' und nicht irjendwelche Zettel, die um irjendwelche Steine jewickelt sind", erklärte Hauptkommissar Schmidt.

"Sie sind also keinen Schritt weiter gekommen, sehe ich das richtig, Hauptkommissar?"

"Jupp, da ham se recht, keene Hinweise uff'n Täter, aussa dassa kreativ iss, und erst recht keen Motiv."

"Da Sie nicht voran kommen oder sonst irgendwelche Erfolge vorweisen können, übertrage ich die Leitung der Ermittlungen an Kommissar Müller."

"Hä? Ich gloob, ick hab wat im Ohr? Wat ham se jesacht?", frage der Hauptkommissar und bohrte sich bei diesen Worten mit dem Finger im Ohr, als ob er Dreck raus holen müsse.

"Dass Kommissar Müller ab jetzt die Ermittlungen leitet. Er zeigt Tatkraft und Motivation, beides Dinge, die wir zu einer raschen Ergreifung des Täters benötigen, damit schnellstens wieder Ruhe, Ordnung und Frieden in unserem schönen Neu-Berlin herrschen. Sie dürfen gehen, Hauptkommissar, Sie haben doch schon Dienstschluss, oder nicht?"

Nachdem der Großkommandant fertig war, wandte Hauptkommissar Schmidt sich um und verließ das Zimmer. Edgar wollte ihm folgen, doch der Großkommandant hielt ihn auf: "Herr Kommissar, ich würde noch ganz gerne mit Ihnen ein paar Worte wechseln."

Nachdem Hauptkommissar Schmidt das Zimmer verlassen hatte, sagte er: "Hat Ihnen Ihr Kollege schon ihre Dienstwaffe ausgehändigt?"

"Nein, das hat er bisher versäumt."

"Wohl eher verhindert. Naja, egal, ich habe es mir fast gedacht, dass es so kommen wird. Ich habe Sie seit ihrer Versetzung beobachtet, und ich habe gesehen, dass Sie ein zielstrebiger, tatkräftiger und rechtschaffener Mann sind. Ich würde mich freuen, wenn ich Sie demnächst in den Rang eines Hauptkommissars befördern könnte."

"Aber, Herr Großkommandant, es gibt doch immer nur einen Hauptkommissar pro Dezernat und das ist hier gerade Herr Schmidt."

"Kommt Zeit, kommt Rat. Außerdem würde ich sie bitten, dass Sie ihren Vorgesetzten im Auge behalten, er scheint mir doch in letzter Zeit etwas umtriebig."

Er ging zu seinem Schreibtisch: "Da Hauptkommissar Schmidt es bisher nicht getan hat, ist es mir eine außerordentliche Freude, Ihnen Ihre neue Dienstwaffe auszuhändigen. Hier, bitte sehr, eine Hecksler & Loch P900. Sie verwendet die Standart-Polizeimunition 9mm Makarow, Sie können halb automatisch und vollautomatisch damit schießen. Sie hat eine enorm hohe Mann-Stopp-Wirkung. Dazu gehören noch 2 Ersatzmagazine. Ich hoffe, dass Sie sie nie brauchen werden. Ich wünsche Ihnen einen angenehmen Abend, und grüßen Sie mir ihre Freundin."

Mit diesen Worten schob der Großkommandant Edgar zur Tür hinaus.

XXXVI

"Hier, bitte sehr, Falke, dein neuet Spielzeuch", sagte Thul feierlich und polierte die letzte Linse des Zielfernrohrs.

"Hmm, sieht gewöhnungsbedürftig aus", gab dieser zurück.

"Kannst dir ja dran jewöhnen, wenn du hier uff Leute zielst, die hier rinn wollen, aber nicht dürfen", war Kettes Vorschlag.

"Und was treibt ihr so heute?"

"Wir? Wir schnipsen ma kurz zum Scheffie rüber und schnacken da mit nen paar Leutchen."

"Wegen gestern Abend? Da braucht ihr aber schon nen paar mehr als diese läppischen Wagenburgler mit ihren schrottreifen Traktoren."

"Nee, nur eene. Aber die hats dafür richtig druff."

"Na, da bin ich aber mal gespannt."

"Dit darfste durchaus sein."

Zu dritt machten sie sich mit dem bewaffneten Lastenrad auf den Weg.

"Ey Thul, wat hastn da jeiles in der Tasche?", fragte Kette und deutete auf den antiken Seesack den Thul mitschleppte.

"Spielzeuch", antwortete dieser knapp.

"Echt? Cool. Kann ick ma sehn?"

"Neee, iss meens."

Kette versuchte, sich den Sack zu schnappen, doch Thul dreht sich so, dass er zwischen Kette und dem Seesack stand.

"Meens", sagte er nur knapp.

Kette versuchte es über die andere Seite. Thul drehte sich wieder so, dass er dazwischen stand.

"Meens", wiederholte er.

Das ganze Spielchen ging fünf Minuten so. Jedes Mal, wenn Kette an den Rucksack wollte, drehte sich Thul ihm in den Weg und sagte: "Meeens!"

Easy saß auf dem Platz des Ladeschützen für das MG vorne auf der Ladefläche und sah dem komischen, beinahe an einen Tanz anmutenden Rumgehopse der beiden zu. Sie überlegte, ob sie dem Schauspiel mit einer Salve aus dem MG ein Ende machen sollte, entschied sich jedoch dagegen.

Als die beiden fertig und das Gepäck verstaut war, ging es los. Kette trat in die Pedale, Thul besetzte das MG als Richtschütze, und schon waren sie unterwegs in Richtung Wagenburg Scheffel.

"Wen besuchen wir eigentlich in dieser Wagenburg?", fragte Easy.

"Samantha Guderian", kam es von Kette.

"Kenn ick nich", kam es von Thul.

"Och, die wirste schon kennen lernen."

"Aha und wieso? Wenn ick fragen darf."

"Wirste schon sehen, wenn wa se sehen."

"Na, da bin icke ja mal gespannt wien Flitzebojen, wat an der so toll sein soll."

Nach einer Fahrt über Geröll und Straßenreste erreichten sie ein Gebilde, dass sich flach an den Boden zu drücken schien. Beim Näherkommen sah Easy, dass es ein Gebäudekomplex war, der mit einem Zaun, ähnlich dem auf Thuls Hinterhof, umgeben war. An einer Stelle war, wie es schien, eine riesige Stahlplatte eingefügt, die von zwei Unterständen aus lauter Säcken flankiert wurde. Sandsackbunker, wie ihr Kette erklärte.

Als sie vor der Stahlplatte standen, rief ihnen jemand von drinnen zu: "Waffen sichern, Absteigen, Ausweisen!"

Sie taten wie ihnen befohlen wurde.

"Auch dir einen zauberhaften guten Morgen, Sam", rief Kette der Stahlplatte entgegen.

"Ach, Kette, du bist dit. Na, dann kommt mal rinn."

Plötzlich geriet die Stahlplatte in Bewegung und Easy erkannte, dass sie eine Art Räumschild war, der vor einem Fahrzeug angebaut worden war und nun als Tor diente. Kette ging vor, Easy folgte ihm und Thul schob hinter ihnen das Fahrrad. Als sie drinnen waren und das Tor geschlossen war, stieg jemand oben aus der Turmluke des Panzers.

"Na, was haltet ihr von meinem Baby", sagte die Frau in Kettes und Thuls Alter, die oben aus der Luke rauschaute und täschelte dabei das Fahrzeug.

"Hübsches Töff-töff, passt zu dir", sagte Kette.

Easy betrachtete das Stahlmonster mit Abscheu. Thul stand wie angewurzelt und starrte mit offenem Mund. Er reagiert auch nicht, als Easy mit der Hand vor seinen Augen rumfuchtelte.

"Hallo Erde an Thul, bitte kommen!", sagte sie, "Hey, Hallo! Aufwachen! Was ist denn los mit dir?"

"Panzaaaaaa", sagte Thul halblaut.

Dann rief Easy zu Kette: "Du, Thul reagiert nicht mehr, der ist wie gelähmt und gibt komische Laute von sich."

Kette kam zu den beiden, betrachtete Thul eingehend und folgte dann seinem Blick.

Danach war ihm alles klar: "Dit dit so schlimm wird, hätt ick nich jedacht."

Auch Easy folgte seinem Blick. Sie sah die Frau mit braunen Haaren, die sie zu einen Zopf geflochten hatte, der bis zur Mitte ihres Rücken reichte. Gekleidet war sie in ein olivgrünes Tank-Top und eine halb angezogenen Bundeswehrpanzer-Kombination.

"Ja und? Hat der etwa noch nie eine Frau gesehen?", fragte Easy.

Thul starrte weiterhin wie hypnotisiert zu dem Panzer, dabei lief ihm, kaum sichtbar, ein kleines Rinnsal Speichel aus dem Mund.

Kette fasste sich an den Kopf, atmete tief ein: "Janz einfach, Easy", begann er, "Waffenfreak, Panzer. Schlosser, Schlosserin. Frau, Mann."

Dabei zeigte er abwechselnd auf Thul, den Panzer und Sam.

"Ey, wat glotzn so, noch nie nen Panzer jesehn, oda wat? Mach's Maul zu, de Milchzähne werden saua!", rief Sam zu Thul rüber.

"Der glotz nich, der bewundat, Sam", rief Kette zu ihr.

Sam stieg von ihrem Panzer.

"Aha. Und wat bewundert der so ausführlich?"

"Tja, dit kannste dir aussuchn", sagte Kette mit einem Grinsen.

"Von mir aus kanna bewundern, wie und watta will. Hauptsache er steht dabei nich im Wech, und dit tuta jerade janz akut. Also wat treibt euch hier her, und wer sin' die Neuen bei dir?"

"Dit iss Easy, und sie iss ooch der Grund, warum wa hier sind."

Er dreht sich zu Thul: "Ey, kommste, Keule, oder willste warten, bis dich der Kontinentaldrift bei uns vorbeischiebt?"

"Ja ja, ick komm ja schon", sagte Thul kaum hörbar und setzte sich wie in Trance in Bewegung.

"Wer ist der Zombie, und wie seid ihr mit dem vom RAW bis hier her jekommen?", fragte Sam.

"Ditte? Dit iss Thul."

"Der Thul? Dit iss nich dein Ernst. Der Klappspaten kann doch nich der psychopatischste Waffenschmied von Alt-Fhain sein, so tranig wie der iss."

"Doch dit isser, wenn icks dir doch saje. Warum sollte ick dir anlüjen?"

"Wie willste dir denn mit der Trantüte irgendwelche verbalen Weltkrieje liefan? Der kricht ja nicht mal nen jeraden Satz zustande."

"Ihm hats halt mal de Sprache verschlajen. Wobei ick hoch erfreut bin, dit ick sowat noch erlebn darf."

"Wat hat ihm denn die Sprache verschlajen?"

"Frach ihn doch selba."

"Ey Keule, wat hatn dir so die Sprache vaschlajen?"

"Ähh ...", der Rest des Satzes ging in einem Hustenanfall unter, da er sich an seiner Spucke verschluckt hatte.

Sam wandte sich wieder an Kette: "Ick gloob dir imma noch nich, das dit Thul sein soll. Naja ejal, behaupte watte willst. Also, wat führt euch her?"

"Also, schon wie jesacht ..."

"Alarm! Die Städtische Schutztruppe!", schallt es plötzlich durch die Wagenburg.

Alles geriet in Bewegung und Hektik. Kette, Thul und Easy rannten zu ihrem Lastenrad. Kette und Easy schnappten sich das MG von ihrem Rad und brachten es in einem der Bunker seitlich des Tores in Stellung. Thul fummelte an seinem Seesack rum und Sam kletterte in ihren Panzer. Wenige Minuten später schlugen die ersten Mörsergranten auf dem Dach des Bunkers ein, Staub und Sand rieselte auf Kette und Easy herab. Von Thul war nichts zu sehen.

Durch das Zielgerät ihres Panzers konnte Sam einzelne Infanterie-Trupps ausmachen, nahm einen von ihnen aufs Korn und schoss. Zwei weitere Schüsse später hatte der Gegner seinen Granatwerferbeschuss von den Bunkern auf den Panzer konzentriert. Außerhalb ihres Feuerbereichs arbeiteten sich Soldaten mit Haftminen an sie heran.

Plötzlich hörte sie, wie etwas auf ihren Panzer stieg und darauf herum lief. Sam wusste, dass gleich eine Sprengladung eine Luke öffnen und eine Handgranate den Rest besorgen würde. Zu ihrer Überraschung blieb die erwartete Explosion aus. Stattdessen hört sie nur fünfmal ein leises 'Pfump' das direkt vor ihrem Turm erklang. Kurz drauf hörte sie fünf Granatenexplosionen vor ihrem Panzer und eine MG-Salve, die ebenfalls von ihrem Panzer ausging.

Als sie durch das Periskop rausschaute, sah sie eine Gestalt, ähnlich gepanzert wie ein mittelalterlicher Ritter, in einem schweren Plattenpanzer, mit etwas bewaffnet, was wie ein vollautomatischer Granatwerfer mit Maschinengewehr zu sein schien. Was immer das war, es hielt den Sturmgewehren stand und den Gegner auf Abstand. Die nächsten feindlichen Granateinschläge lagen dicht hinter ihren Panzer und kamen steil rein. Die dritte Granate traf den Motor. Sam wusste, dass dieser Kampf und alle folgenden Kämpfe für sie vorbei waren. Sie hörte einen weiteren Einschlag und bereitete sich auf das Unvermeidlich vor. Der letzte Einschlag kam aber nicht vom Gegner, sondern von dem Gerüsteten auf ihrem Panzer. Er hatte die Luke aufgesprengt und hielt die Hand zum Aussteigen hin.

"Nee! Ick lass meen Baby nich im Stich! Wenn, dann jeh ick mit ihm inne Luft."

Der Gerüstete macht eine Geste, die sie aufforderte, auszusteigen. Sam weigerte sich. Der Gerüstete griff nach ihrem Zopf und zog daran. Sam zog ihr Messer und wollte sich den Zopf abschneiden. Da griff er nach ihrem Arm, versuchte sie daran herausziehen. Doch Sam klammerte sich mit ihren Beinen am Sitz fest, so dass sie mit dem Kopf herausragte. Was sie sehen bekam, war nicht viel. Eine Faust in einem Metallhandschuh raste auf sie zu und es wurde dunkel.

Als sie wieder zu sich kam, fühlte sich alles komisch an. Nachdem sie die Augen geöffnet hatte, erkannte sie, dass sie über der Schulter von jemandem lag, der sie trug. Im Hintergrund wuchs eine riesige Feuerwolke über den Resten der Wagenburg Scheffie in die Höhe.

"Was war das?", fragte sie.

"Unterschätz niemals die Sprengkraft von 'nem halbvollen Tornistermagazin aus'm Hause Thul", sagte ihr Träger.

"Lass mir runta, ick kann alleine loofen, du Idiot", fauchte Sam.

Ihr Träger setzte sie vorsichtig ab.

"Bis vor kurzem noch nich." bemerkte er dabei.

Sobald Sam wieder festen Boden unter den Füßen hatte, holte sie aus, um dem Typen, der sie niedergeschlagen und dazu gezwungen hatte, ihren heißgeliebten Panzer im Stich zu lassen, eine reinzuhauen. Sie holte aus, schlug hart zu und hielt sich kurz darauf die schmerzende Hand. Thul setzte mit einem Grinsen den Helm ab, hielt sich die linke Wange und spuckte etwas Blut aus. Sam hatte ihm mit der anderen Hand einen, im wahrsten Sinne des Wortes, linken Haken verpasst.

"Wenna dann bald ma mit eurem Balztanz fertich seid, wär ick froh, wenn wa bald mal de Werkstatt uffsuchen könnten. Ick möchte daruff uffmerksam machen, dit wa die Städtische Schutztruppe am Hacken ham", sagte Kette.

Sie liefen weiter.

"Dann musste wohl oda übel doch Thul sein", sagte Sam.

"Haste jemals dranne jezweifelt?"

"Oh ja!"

"Wie kommste denn uff it dünne Brett?"

"Weil ick keenen sabbernden Vollidioten erwartet hab."

"Ich hab gesabbert?"

"Oh ja. Mit dir hätt ich nen Jarten bewässan können."

"Siehet als Kompliment." gab er zurück.

Sam verpasste ihm dafür eine schallende Ohrfeige.

"Wennde deine Klappe nich im Zaum halten kannst, dann kannet passieren, ditte die Rückkehr in deine heißjeliebte Werkstatt nich mehr erlebst."

"Ey, ick hab nen Rätsel für dich", sagte Thul, plötzlich mit gespielter Fröhlichkeit.

"Nerv nich!"

"Wat iss rot und dreht sich?"

"Keene Ahnung", sagte Sam genervt.

Thul kniff ihr daraufhin in die Brustwarze und drehte sie. Keine drei Sekunden später waren beide aktive Teilnehmer einer wüsten Schlägerei.

Easy dreht sich um: "Kette, warte mal bitte. Ich glaube, dass die beiden miteinander beschäftigt sind."

"Hä? Watt? Achso."

Kette schnappte sich einen Stein und warf ihn auf das sich raufende Knäuel.

"Aua!" kam es zurück, gefolgt von dem Stein.

Mit einem dumpfen Laut traf er Kette am Kopf. Kette drückte Easy das MG, das er bisher getragen hatte, in die Hand und mischt sich in die Schlägerei ein. Easy legte den Patronengurt ab und machte es sich auf einem Schutthaufen so bequem wie möglich. Und guckt sich das Gerangel gelangweilt an.

Nach fünf Minuten rief sie: "Wenn ihr nicht bald fertig seid, dann mache ich mit bei eurer Schlägerei."

"Watt willste denn machen? Hast doch ja keene Bratpfanne dabei", rief Kette.

"Na und, ich habe ein Maschinengewehr."

"Damit kannste doch jarnich umjehen."

"Genau das habe ich dann auch vor."

"Se könnte uns damit erschießn", sagte Sam.

"Oda schlimma noch, se könntet kaputt machen", sagte Thul.

"Spinner, du bist eindeutig Thul." stöhnte Sam.

"Stöhn hier nicht so rum. Dit kannste von mir aus nachher bei Thul inna Werkstatt machen", sagte Kette. Dafür fing er sich von Sam einen Tritt in die Eier ein.

Keuchend ging er zu Boden: "Boah, Thul, kann ick bei dir nen Tiefenschutz bestellen? Die dauernde Treterei geht mir tierisch auf die Eier."

"Nee Keule, die letzten beeden Mal hast dir hart erkämpft und würdich vadient."

Easy hatte inzwischen herausgefunden, wie man das MG entsicherte und durchlud. Was sie hörbar unter Beweis stellte. Beim Geräusch des Durchladens erstarrten die drei Streithähne. Easy hatte das MG entsichert, durchgeladen, angelegt und auf die Drei gerichtet. Sie schwenkte plötzlich nach links und feuerte eine Salve ab. Die drei warfen sich zu Boden. Eine zweite Salve fegte über sie hinweg.

"Mensch Easy, nu mach doch nich son Scheiß", rief Kette.

"Halt die Fresse und komm her, wenn du es besser kannst, du elender Klugscheißer", rief sie verbissen zurück.

Als sie in die Richtung gucken, in die Easy geschossen hatte, sahen sie einen Schutztruppler, der zentimetergenau in der Mitte von einer MG-Salve zersägt worden war.

"Dit nenn ich Maßarbeit", kommentierte Sam.

"Ach was, Anfängerglück", sagte Kette.

"Fakt ist, wir sollten hier weg. Die wern uns sicher nich mit Blütenblättan bewerfn, wenn die hier ihrn toten Kameraden und uns mit'm MG sehen", trieb Thul sie an.

"Wohl eha mit Granaten", beendete Sam.

"Los, los, quatschen könnt ihr nachher in der Werkstatt."

Sie erreichten die Werkstatt ohne weitere Zwischenfälle. Easy legte sich schlafen. Kette übernahm die Wache, Sam wechselte dem Falken den Verband und Thul putzte das Maschinengewehr.

Nach dem Sam beim Falken fertig war, meinte der Falke: "So, ich muss wieder los. Ich habe da noch eine Rechnung mit der R.S.K. offen."

"Na denn, Waidmanns Heil!", sagte Thul.

"Waidmanns Dank", erwiderte der Falke und verschwand nach draußen.

"Kette ist beschäftigt, und die Kleene is im Bette. Wie vertreiben wir zwei uns jetzt die Zeit?", fragte Sam Thul.

XXXVII

Am Morgen betrat Edgar leicht verkatert, aber bestens gelaunt das Büro. Lili und er hatten seine Ernennung zum Leiter der Ermittlung entsprechend gefeiert. Hauptkommissar Schmidt saß an seinem Schreibtisch und blätterte durch einen Bericht.

"Guten Morgen, haben Sie schon neue Erkenntnisse gewonnen, Herr Schmidt?"

"Schön, dit du dir ooch ma blicken lässt", meinte der, ohne aufzublicken.

"Was ist denn los, Herr Kollege?"

"Allet, was nicht anjebunden iss."

"Was ist Ihnen denn für eine Laus über die Leber gelaufen?"

"Die Laus, die mir über de Leber jeloofen iss, iss eenz-achzich groß und hohl wie ne leere Bierpulle."

"Na na na, nicht in diesem Ton, Herr Kollege."

"Warum nich? Du Westentaschen-Sherlock Holmes?"

"Weil … weil … weil … ich der Leiter der Ermittlungen bin und die Ermittlungen leite", versuchte Edgar sich zu behaupten.

"Wennde gloobst, dit der Ermittlungsleiter die Ermittlungen leitet, dann gloobst du ooch, dit Zitronenfalter Zitronen falten."

"Wie bitte?"

"Ach scheiß druff, war nich wichtich", nach einer kurzen Pause, "Ick habe die jute Berta neulich bei unserm hastijen Uffbrechen aus ausm Archiv noch jebeten, für uns zu recherchian, wenn ihr Computerprogramm wieda in Betrieb jejangen iss. Heute Morjen hat se sich jemeldet. Der Computer hat wat ausjesdpuckt, wat ooch janz plausibel für mir klingt, wennde mir fragst."

"Ja und wer ist laut Archiv der Verdächtige? Nun rücken Sie schon mit der Antwort raus."

"Die Antwort wird dir aba nich jefallen."

"Wir haben einen Mörder dingfest zu machen. Nun lassen sie sich nicht alles aus der Nase ziehen."

"Der Vadächtige ist dein heißjeliebter Chef."

"Ahaaaaaa!"

Mit diesem triumphierenden Ausruf schloss Edgar eine Handschelle um die Hand des Hauptkommissars.

"Ick bin doch nich dein heissjeliebter Chef, dit haste mir doch gerade klipp und klar jezeigt, du jeistiger Flachköpper. Ick meen den großen Zampano, den Kommandanten."

Als Hauptkommissar Schmidt ausgeredet hatte, fing Edgar an laut zu lachen.

"Wie kommen Sie denn auf diese absurde Idee, dass der Wächter über Ruhe und Ordnung zum Verbrecher wird?"

"Dit iss eene meener leichtesten Übungen. Also ..."

XXXVIII

"Also ..."

Mitten im Satz erschütterte ein riesiger Knall die Wände des Zimmers und lies den Staub von den Lampen rieseln.

"Was war das?", fragte Edgar erschrocken.

"Jute Frage, nächste Frage. Wenn wa hier weiter rumsitzen und uns vom Staub berieseln lassen, werden wa dit uff die Schnelle nicht rausfindn."

Edgar streckte den Kopf zur Bürotür heraus und sah andere Mitarbeiter, die sich ebenfalls verwirrt umsahen. Hinter ihm im Büro klingelte das Telefon und Hauptkommissar Schmidt ging ran.

"Büro 987, Schmidt am Apparat", meldet er sich.

"Ja, ick hab vastandn. Wir machen uns sofort uffn Wech."

Mit finsterer Miene legte er auf.

"Los, du Held vom Erdbeerfeld, komm! Wir wurden soeben zum großen Zampano beordert."

Edgar und Hauptkommissar Schmidt hasteten den Flur entlang in Richtung des Büros des Großkommandanten. Als sie dort ankamen, herrschte hektische Betriebsamkeit. Ein schwer bewaffneter Trupp der Hundertschaft sicherte gerade ein riesiges Loch, das in der Wand des Büros des Kommandanten klaffte. Im Vorzimmer saß der Kommandant und wurde gerade von einem Sanitäter versorgt.

"Großkommandant, was ist passiert?", fragte Edgar aufgebracht.

"Eine Bombe hat die Wand meines Büros zerstört und sollte mich wahrscheinlich töten."

"Das waren sicherlich diese Bastarde vom WKEA."

"Das vermute ich ebenfalls, Kommissar Müller."

"Ich werde alles tun, um diesen schrecklichen Vorkommnissen eine Ende zu bereiten."

"Das lobe ich mir, Kommissar Müller, mit dieser Einstellung werden Sie es noch weit bringen. Vielleicht sind Sie eines Tages sogar mein Nachfolger."

"Ich danke Ihnen, Herr Großkommandant."

An der Tür zum Büro des Großkommandanten kam es zu einem kleinem Gerangel, als Hauptkommissar Schmidt sich den Tatort angucken wollte.

"Halt! Sie haben keinen Zutritt, das ist ein Tatort."

"Und icke bin da Ermittler, du anabolikagemästeter Vollidiot."

Hauptkommissar Schmidt versuchte, sich an dem Hundertschaftsbeamten vorbei zu schieben. Der Beamte hingegen wollte ihn aufhalten und probierte, ihm den Arm auf den Rücken drehen, um ihn festzuhalten. Mit einer blitzschnellen Bewegung drehte Hauptkommissar Schmidt sich aus dem Griff des Beamten und hatte dabei dem Beamten seinen Arm auf den Rücken gedreht. Dann packte er dessen Hinterkopf und schlug diesen dreimal gegen die Türfüllung. Beim ersten Schlag erlitt der Beamte eine leichte Gehirnerschütterung. Beim zweiten wurde diese zu einer schweren und das Nasenbein angebrochen. Beim dritten und letzten Schlag brach das Nasenbein endgültig und der Beamte ging bewusstlos zu Boden. Währenddessen hatte der zweite Beamte, der ebenfalls die Tür sicherte, seine Dienstwaffe gezogen und richtet sie auf Hauptkommissar Schmidt.

"Stecken sie die Waffe wieder weg, Leutnant, und lassen sie den Hauptkommissar passieren", ermahnte ihn der Großkommandant.

Im Büro sah es schlimm aus. Überall lagen Putz- und Mörtelreste. Hauptkommissar Schmidt besah sich das Loch genauer und warf auch einen Blick hinaus. Von der geborstenen voll verglasten Front ging es fünfzehn Meter senkrecht abwärts.

"Der Kommandant hat ausgesagt, dass er hier am Schreibtisch saß und Unterlagen durchsah, als es plötzlich einen unglaublichen Knall gab und er aus seinem Schreibtischstuhl über den Schreibtisch geschleudert wurde. Danach wurde er nach eigener Aussage ohnmächtig und kam erst wieder zu sich, als sein Sekretär ihn aus dem Büro schleifte. Ich schätze, dass der Schreibtischstuhl einen Großteil der Explosion abgefangen hat."

"Der Kommandant hat wirklich nen mächtijen Schutzengel", sagte Hauptkommissar Schmidt.

"Wie ist ihre Einschätzung der Lage, Herr Schmidt?"

"Später, nich jezze. Lass uns erstmal nochn wenich hier umkieken. Mal kieken, wat wa hier noch so feinet findn."

Zurück in ihrem Büro setzte sich der Hauptkommissar an seinen Schreibtisch und legte die Füße auf selbigen.

"Also ...", sagte er, guckte sich lange und aufmerksam um.

"Worauf warten Sie, Herr Kollege?", fragte Edgar.

"Obs noch ma 'BUMM' macht." Edgar verdrehte enerviert die Augen.

"Können Sie bitte zur Sache kommen?", fragte er entnervt.

"Also, wat ick vorhin erzählen wollte iss folgejendit: Als du jestern so völlig Hals üba Kopf zu Bertas Kleener uffjebrochen bist, hab ick die jute Berta jebeten, dass wenn ihr tollet Computersystem wieder uffm Damm iss, se doch für uns weiter suchen soll. Und jezze darfste dreimal raten, wat se dolles jefunden hat."

"Den Großkommandanten, das hatten Sie aber vorhin schon erwähnt."

"Hmm stimmt, haste Recht, jezz wo de dit sachst."

"Haben Sie denn auch Beweise dafür, dass es so ist?"

"Bisher leida nur Indizien, aber dit sollte ausreichen. Hier wurden schon janz andere mit weitaus haarsträubenderen Indizien verknackt."

"Können Sie bitte auf den Punkt kommen?"

"Ok ok, also wie du weest, haben wa doch nach eenem Menschen jesucht, der Vabindung zu schweren Waffen und Botanikern hat, wa?"

"Äh ja. Und was hat das mit dem Großkommandanten zu tun? Er hat zwar Zugriff auf schwere Waffen, aber ich möchte sein Fachwissen auf dem Gebiet der Pflanzengifte bezweifeln."

"Da haste ausnahmsweise mal Recht, ooch wenn aus andan Motiven als icke. Der Kommandant könnte nicht mal ne Tulpe vonnem Kaktus unterscheiden. Aber sein Frauchen ist jelernte Floristin und Hobbybotanikerin. Sie hat ooch mal ne Abhandlung über die Verwendung von Pflanzengiften in der Literatur vafasst. Also wenn dit keene Steilvorlaje iss, dann musste strunzendoof sein."

"Das ist aber alles reichlich konstruiert, Herr Kollege."

"Na und? Wir sind Polizisten, wenn uns wat komisch vorkommt, dann denken wa uns was schönes dazu aus und wenn keiner widerspricht, dann ist dit so."

"Aber wie kann der Kommandant der Täter sein, wenn er selber mehrfach angegriffen wurde?"

"Hmm, dit iss eene jute Frage."

Hauptkommissar Schmidt holte ein Jo-Jo aus einem Fach seines Schreibtischs, stand dabei auf und fing an, damit zu spielen. Er lief dabei im Büro umher und sagte: "Siehste dit Jo-Jo? Wenn ick es in Bewegung versetzte, dann fängt es an zu leuchten. Da drinne sind nämlich nen paar kleene Magneten und wenn die anenander vorbei komm, machen die kurz Strom und deswegen kann dit blinken, ohne das dit Battarien braucht. Guck mal, ick kann sogar nen paar Tricks damit."

Er wechselte das Jo-Jo in die linke Hand und ließ es dreimal runter und wieder hoch rollen. Edgar beobachtet vollkommen gebannt das Jo-Jo und wartete, was sein Vorgesetzter ihm jetzt wohl präsentieren würde.

Während dieser ganzen Vorführung war Hauptkommissar Schmidt immer näher an Edgar herangekommen, so dass er jetzt direkt vor ihm stand. Das Jo-Jo rollte immer noch einfach hoch und runter. Edgar wartete gespannt auf den angekündigten Trick. Plötzlich schnellte Hauptkommissar Schmidts rechte Hand vor, kniff in Edgars linke Brustwarze und dreht diese ruckartig, so dass dieser vor Schmerz aufschrie.

"Au! Was soll der Scheiß? Das tut weh", fauchte er und hielt sich die linke Brust.

"Haste echt nicht jeblickt, worauf ick hinaus wollte?"

"Nein."

"Dit war een Ablenkungsmanöver. Du hast dir so sehr uff dit Jojo konzentriat, dit du nich jemerkt hast, dit ick direkt vor dir stehe und hast ooch wegen meener erfolgreichen Ablenkung in keensta Weese damit jerechnet, das dir nen bissl an de Nippel spiele."

"Und hat es Ihnen gefallen?"

"Nee, nicht wirklich. Die von meena Freundin sind schöner. Aber da kneiff ick ja ooch nicht rinn. Obwohl naja, manchmal schon, also wenn wa beede ..."

"Nein nein nein, lalalalalalalalalala, ich will das gar nicht wissen. Lalalalalalallalalalala", sang Edgar laut und hielt sich die Ohren zu.

Er wartete, bis der Hauptkommissar aufhörte zu reden. Als sein Vorgesetzter endlich schwieg, hörte er auf zu singen und nahm die Hände von den Ohren.

"Iss dein Anfall vorbei? Biste wieda bereit, mir zuzuhören?"

Edgar nickte.

"Jut, also wo waren wir? Ach ja, also wenn meine Freundin und ick uns dit jemütlich gemacht haben und uns vielleicht nochn Gläschen Rotwein jejönnt haben, dann ..."

"Nein, nein, nein! Schluss mit diesem Rumgeblödel!"

"Boah ey, du gönnst eenem aba ooch jar keenen Spaß. Na jut. Also, ick halte den Jiftanschlag und dit Bombenattentat für Ablenkungsmanöver. Die hatta jerade so übalebt. Wer würde schon ein Opfa als Täter vermuten? Hä?"

"Aber warum sollte er so etwas tun?", fragte Edgar begriffsstutzig.

"Himmel, Arsch und Zwirn nochmal, willste dit nicht kapieren, oder kannst dit nicht kapieren? Wenn du dir mal dit Büro vom Alten anjekiekt hättest, anstatt Speichel zu lecken, wäre dir uffjefallen, dit im Büro selba kaum Splitter der zerstörten Scheiben waren."

"Ich verstehe nicht, worauf sie hinaus wollen."

"Na janz einfach, dit der Explosionsdruck der Bombe dit Zeuch nach draußen jedrückt hat. Dit die Bombe drinne, im Raum detoniert sein muss. Weil von außen könn se die ja nich ran jeklebt haben."

"Warum nicht, es gibt doch soetwas wie Haftladungen."

"Dit mag ja stimmen, aber die haften nicht an den Scheiben von dit Büro. Die Scheiben haben nämlich sone supadupa da-bleibt-nix-dranne-kleben-Schicht druff. Wenn de da dranne wat festmachen willst, musste dit festschrauben, und dit würde wirklich ufffallen."

"Dann haben die Attentäter die Bomben vielleicht reingeschmuggelt und im Büro versteckt."

"Im bestbewachten Jebäude von janz Neu-Berlin? Dit gloobe ick nich, Tim."

"Tim? Ich heiße doch gar nicht Tim, ich heiße doch Edgar."

"Ach dit iss nur sone alte Redewendung. Ey, wenn du hier als Nicht-Mitarbeiter rinn willst, dann musste dir vorher am Einjang fast komplett nackich machen, damit de rinn kommst, ohne gleich abjeknallt zu werden. Ick halte dit für logischa, dit der Alte persönlich die Bombe rinn jeschafft hat. Und dann hat hoch jehen lassen, um für ordentlich Tohuwabohu zu sorgen. Wat ihm ja ooch jut jelungen ist."

Während des Vortrags hatte sich Edgars Miene immer mehr verfinstert: "Ich wünsche, dass Sie mir bis morgen handfeste Beweise vorlegen. Ich werde jetzt meinen eigenen Ermittlungen nachgehen. Auf Wiedersehen, Herr Schmidt."

Edgar verließ den Raum.

"Na, im Schlüppi von deina Kleenen wirst wohl kaum wat finden", sagte er zu der geschlossenen Tür.

XXXIX

"Soweit ick mir erinnan kann, ham wa da noch ne Rechnung offen." sagte Thul.

Beide nahmen eine Kampfhaltung ein.

"Ick stör eua Vorspiel ja nur unjern. Aber wenn ick dit richtig sehe, bekomm wa Besuch von den Kameraden von Easys 'Laubsäjearbeit'", bemerkte Kette.

"Hä, wat meinst'n damit?", fragte Sam.

"Wenn wa jut sind, kriegst'n neu'n Panzer, Sam."

"Und wenn nicht?"

"Dann iss ooch ejal. Ick gloob nich, dit die wegen nem Teller Rattenjulasch vorbei kieken."

Zu Thul sagte Kette: "Ey, sach mal, hast wat jegen Panza?"

"Ja."

"Wattn?"

"Ick find die scheiße"

"Dit iss allet?"

"So uff de Schnelle? Jopp."

"Is ja bissl dürftig."

"Hab ick jemals was anderes behauptet?"

"Nee."

"Na siehste."

"Boah, könnt ihr beeden Idioten ma kurz mit dem Dummschwätzen uffhören und euch uff unsa konkretet Problem konzentrian", mischte Sam sich ein.

"Jo, könn wa. Also irjendwelche Vorschläge? Ick lausche gebannt euren Ideen", sagte Kette.

"Unsere einzije Hoffnung besteht dadrinne, dasse nur Schützenpanza ham. Die könntn wa noch nen bissl mitm MG und ganz, ganz, ganz vielen Granaten beharken. Danach iss Essig", sagte Thul.

"Klingt doch nach nem Plan."

"Und danach?", fragte Thul.

"Taktischer Rückzug."

"Sach mal, dir haben se wohl zu oft inne Eier jetreten, dass du uff den Trichter kommst, dit ick meene Werkstatt im Stich lasse", sagte Thul und zeigte Kette dabei einen Vogel.

"Nu kommt ma wieda runta, lasst uns erstma kieken und abwarten, was da überhaupt kommt", meinte Sam, um die beiden zu beruhigen.

Easy wurde geweckt und alle Stationen besetzt. Eine Minute später schlug die erste Granate vor der Werkstatt ein.

"Lass es Mörser sein, bitte bitte lass es Mörser sein!", flüsterte Kette leise zu sich.

"Warum wünscht du dir, dass es Mörser sind?", fragte Easy, die ihm als Ladeschütze assistierte.

"Weil es leichter ist, eine Mörserstellung zu vernichten, als Thul gegen seinen Willen aus der Werkstatt zu bekommen. Der würde sich lieber am letzten Mörtelrest im Boden festbeißen, als sich vertreiben lassen." erklärt Kette.

"Du hastn doch alebt, alset darum jing, Aknes aus da Köpi abzuholen."

"Warum ist er so auf diese Werkstatt fixiert?"

"Keene Ahnung. Dit musst du ihn selber fragen."

Langsam näherten sich die Fahrzeuge und die Männer der Schutztruppen. Plötzlich erhellte ein kontinuierlicher Lichtstrahl das Dunkel vor der Werkstatt, zu dem sich bald ein zweiter gesellte. Es war das Mündungsfeuer der Gatling-Gun und das der Maschinenkanone. Unregelmäßig detonierten Granaten aus einem Granatwerfer. Mit einem ohrenbetäubenden Knall zerriss eine Panzergranate der Schutztruppen den Giebel der Werkstatt. Balken und Steine stürzten zu Boden.

Durch das Schutzgitter bekamen Kette und Easy nur Staub und Dreck ab. Was den beiden kaum etwas ausmachte, sie hielten ihr Sperrfeuer gegen die Soldaten aufrecht. Im Gegensatz zu den beiden machten der Staub und Dreck dem Maschinengewehr schon etwas aus, so dass es eine Minute nach dem Treffer am Giebel verklemmte und nicht mehr schoss. Kette schnappte sich ein Sturmgewehr und schoss nun gezielt auf die Angreifer. Aber es waren zu viele.

Nach dieser Erkenntnis rief er zu Thul: "Keule, ick kann die Gatling-Gun-Stellung nich mehr halten. Dit sind zu viele, und se sind zu jut ausjerüstet. Wir müssen hier raus, schleunigst! Bevor se uns kesseln und den Sack zumachen."

Er schnappte sich Easy und lief mit ihr zur Maschinenkanone, an der Thul verbissen weiterhin zurückschoss. Unterwegs stieß Sam zu ihnen.

"Taktischer Rückzug?", fragte sie knapp.

"Jo. Ick will nur noch Thul einsacken", antwortete Kette.

Im Laufen schnappte sich Sam eine alte Repetierbüchse, die an der Wand lehnte.

"Du hast hier Waffen vom feinsten. Und da schnappste dir sonen olln Schiessprügel?", fragte er sie.

"Vertrau mir, ick wees wat ich tue", gab sie knapp zurück.

"Ey, Keule, nu komm, der Fisch iss jeputzt. Außa abhaun können wa hier nix mehr machen", rief er zu Thul, als sie bei ihm ankamen.

"Nix da. Ick bleib hia! Mich bekommt hier keener raus!"

Draußen erklangen die Detonationen der Tretminen.

"Jeht ihr schon mal vor, ick überzeug den jungen Herrn hier schon davon, dassa mitkommt."

"Wie willstn dit anstellen?"

"Lass mir nur machn", rief Sam zurück.

Zu Thul: " Kommste freiwillig mit, oder muss ick dir mir erst jefügich machen?"

"Mir kriegt hier keener raus! Um nichts inna Welt lass ick meene Werkstatt im Stich."

Sam erkannte ihren eigenen Irrsinn in Thuls Augen und schlug ihn mit dem Gewehrkolben ohnmächtig. Sie verließ, mit ihm über ihrer Schulter, die mittlerweile in sich zusammenbrechende Werkstatt.

Kette und Easy rannten, als ob der Teufel hinter ihnen her wäre. Unterwegs verloren sie sich, aber das bemerkte Easy nicht. Sie rannte nur noch um ihr Leben.

Unter einer Straßenbrücke verschnaufte sie. Auf ein Mal bewegte sich hinter ihr etwas.

"Wer da?", fragte eine gebieterische Stimme.

Aus dem Dunkeln trat ein Soldat der Städtischen Schutztruppe mit dem Gewehr im Anschlag.

"Mein Name ist Isabell Stürmer. Ich bin die Tochter des Großkommandanten, Ihrem Vorgesetzten", sagte Isabell mit zittriger Stimme.

"Sind sie allein, Frau Stürmer?", fragte der Soldat.

"Ja warum?"

Der Bewaffnete kam näher und senkte seine Waffe.

"Darum!", sagte er und ergriff ihren Arm, drehte ihn ihr auf den Rücken.

Ehe sie sich versah, lag sie mit auf den Rücken gefesselten Händen auf dem Boden.

"Nix da mit Isabell Stürmer, du bist nur ne kleine abgeranzte Katakombenschlampe, die gleich so richtig durchgefickt wird."

Der Soldat legte seinen Rucksack und seine Dienstwaffe ab. Er schob ihren Rock hoch, zerriss ihre Unterwäsche und öffnete seine Hose. Isabell wusste, dass niemand sie hören würde. Ihr Peiniger kniete sich jetzt vor sie hin, um sich an ihr zu vergreifen. Isabell blieb nichts anderes übrig, als mit vor Schreck geweiteten Augen zuzusehen. Plötzlich schälte sich aus der Dunkelheit zu ihrer Rechten eine zweite Gestalt. In seiner Geilheit von seiner Umgebung vollkommen abgelenkt, hörte er nicht das metallische Quietschen hinter sich. Infolgedessen hörte er auch nicht den Schrei, den Isabell ausstieß, als sein Kopf in ihren entblößten Schoß rollte. Sie sah Kette mit hassverzerrter Miene und einem Klappspaten in der Hand.

"Niemand vergeht sich an unseren Kollektivmitgliedern!", knurrte er zu der Leiche des Soldaten.

Er half Easy auf und schnitt ihre Fesseln durch, zog dem Toten die Kleider aus und warf sie Easy hin: "Komm, die wern sich sicha bald wundan, wo ihr Kamerad bleibt und nach ihm suchen."

"Nein, ich will nicht mehr wegrennen. Ich will nach Hause!"

"Ick ja ooch, nur dit wurde jerade von diesen glorreichen Schutztruppen platt jemacht."

"Nein, ich will in mein Zuhause, wo ich herkomme", schrie sie hysterisch und fing an zu weinen.

"Von mir aus, ooch dahin. Hauptsache, erstma wech von hier. Nu komm, jezz werd bitte nich bockig."

"Und wohin willst du? Du großer Anführer."

"Erstma raus."

"Achja und wie?"

"Da Hellvillage ausjefallen iss, übern Alex. Wenn dit Jerücht stimmt, von dem mir die jute Isolde ma erzählt hat, dann iss in de Uniformen von den blutrünstigen Karnevalisten hier son Riffelchip oder so ähnlich drinne. Jedenfalls soll sone Uniform die Waffensysteme am Alex ausschalten."

"Ich bin also nur dein Schutzschild, damit du nicht am Fuß des Fernsehturms zusammengeschossen wirst?"

"Wennet dir bessa jeht, kannst du ja wieder dein zerissenet Bettlaken anziehen und icke trag die Uniform von dem Schwanzjesteuerten."

"Nein nein, ist schon gut. Die müsste mir passen."

Als sie die Uniform angezogen hatte und wieder zu Kette kam, meinte er: "Steht dir, der Fetzen."

Und grinste anzüglich dabei. Sie machten sich auf den Weg zum Alexanderplatz, stets auf ihre Umgebung achtend.

Als sie an einem alten rosafarbenen Einkaufszentrum nahe des Alexanderplatz vorbei liefen, stand plötzlich vor ihnen ein Posten der R.S.K., zwei Gefreite und ein Feldwebel.

"Halt, Straßenkontrolle! Weisen Sie sich aus!"

"Hach, Scheiße, ihr habt mir grade noch jefehlt in meena Raupensammlung. Nich jenuch das meen Zuhause einjestampft wurde und mir die Schutztruppen am Arsch kleben. Jezze müsst ihr Kaspaköppe ooch noch ufftauchen und mir quer schießen. Irjenwann iss doch mal jenunch, oda nich? Wat meint ihr?"

Der Feldwebel begann seine Ansage erneut aufzusagen: "Weisen Sie si …"

Weiter kam er nicht. Kette hatte sein Gewehr noch nicht ganz im Anschlag, doch die zwei Gefreiten lagen schon tot hinter dem Feldwebel.

"Nein!", rief jemand von oben.

Kette schaute verwirrt nach oben.

"Der gehört ganz allein mir!", tönte die Stimme.

Oben auf dem Gebäude stand, durch seinen Kopfverband unverkennbar, der Falke. Easy starrte immer noch wie gebannt auf den Feldwebel des R.S.K. Der zuckte kurz und fiel tot um. Aus seinem rechten Auge floss Blut und bildete mit dem Staub auf der Straße eine rote Schlammpfütze. Kurz darauf kam der Falke aus einem der vielen zerbrochenen Schaufenster und setzte sein Stencil an die Wand über den Leichen.

"Schöne Grüße an Thul. Sein Zielfernrohr ist klasse", sagte er zu Kette.

"Wie ich sehe, habt ihr es geschafft, eine der Uniformen der ruhmreichen Schmutztruppen zu ergattern", stellt er fest, als er Easy betrachtete.

"Ich muss sagen, steht dir."

Easy verdreht die Augen.

"Was habt ihr damit vor? Wollt ihr die Überwachungssysteme am Fernsehturm überlisten?"

"Jo, woher weestn ditte?"

"Das haben schon einmal ein paar Leute versucht. Das war eine tierische Sauerei. Die hat es über den kompletten Platz verteilt."

"Scheiße, un nu?"

"Naja, durch langes Studium der Umgebung weiß ich, wo alle Bewegungsmelder und Kameras sind. Und dass sie alles andere als beschussfest sind."

"Ok, dann schaltn wa se aus, und dann jehts rinn."

"Hat sich was mit ausschalten. Zumindest mit deiner Erbsenpistole, die du da hast. Eh du überhaupt in Reichweite mit deiner Waffe bist, haben die Waffensystem dich schon ausgeschaltet. Da musst du schnell und präzise vorgehen. Nichts gegen dich, aber du bist doch eher der Mann fürs Grobe."

"Kannstes etwa bessa, alta Klugscheisser?", fragte Kette herausfordernd.

"Klar. Und ich beweise es dir. Hast du eine Uhr?"

"Jo hab icke, hier."

Kette hielt das Handgelenk des Toten Soldaten hoch.

"In fünfzehn Minuten seid ihr vor dem Fernsehturm, fünf Minuten später werde ich alle Kameras, Bewegungsmelder und Mikrophone ausgeschaltet haben. Danach habt ihr drei Minuten, um zu der Aufzugstür zu kommen."

"Woher weißt du das alles?", fragte Easy.

"Jetzt ist keine Zeit für lange Erklärungen. Vertraut mir. Wenn ihr bei der Fahrstuhltür seid, müsst ihr den Wartungsschacht nehmen. Der ist nicht überwacht. Wenn ihr oben seid, merkt euch stets eins: Vertraut dort oben niemandem. Wenn du recht hast und die Schutztruppen euch auf dem Kieker haben, dann ist Eile geboten. Und jetzt los!"

Zehn Minuten später standen Kette und Easy vor dem Fernsehturm. Weitere fünf Minuten später begann der Falke sein Versprechen einzulösen. Überall in ihrer Umgebung funkte und blitze es immer wieder auf. Und noch einmal fünf Minuten später standen Easy und Kette vor dem Aufzug und zwängten sich durch die winzige Luke in den Wartungsschacht. Für Easy nicht das geringste Problem. Kette musste zum Durchkommen seine heißgeliebte Lederkutte ablegen. Nun kam der anstrengendste Teil, nämlich der mehr als zweihundert gefühlte Meter lange Aufstieg. Als sie oben waren, mussten sie erst mal zu Atem kommen. In welche Richtung sollten sie nun weiter?

"Hier steht 'Zuluft'. Und da ist ein Pfeil, der nach rechts zeigt", las Easy vor.

"Dann sollten wir in die entgegengesetzte Richtung gehen."

Als sie weiterkrochen, wurde der Kanal langsam größer.

"Pssst!", sagte Kette plötzlich, "Hörste dit?"

"Was meinst du?"

"Klingt wie dit Ende unsarer Reise."

"Wie bitte, drück dich doch mal klarer aus."

"Nen Ventilator. An dem kommen wa nich vorbei."

Easy verdreht die Augen: "Dein viel gerühmtes Improvisationstalent hast du wohl unten vergessen? Da wirft man eine Kette rein und das Ding hält an oder löst sich in seine Bestandteile auf."

An dem Ventilator angekommen, warf Easy wie vorgeschlagen eine von Kettes massiven Ketten in den Ventilator. Mit dem was passierte, hatte keiner von beiden gerechnet. Der Ventilator schien zu explodieren, unzählige messerscharfe Metallsplitter schossen kreuz und quer durch den Kanal.

Kette riss Easy hinter sich und wandte dem Ventilator den Rücken zu. Seine Lederjacke half, den größten Schaden abzuwenden. Ein Metalldorn bohrte sich dennoch in seinen Oberarm, ein weiterer rasiermesserscharfer Splitter riss ihm das rechte Ohrläppchen weg und ein dritter Splitter zerschlitzte sein linkes Ohr. Easy schrie wie am Spieß, doch Kette hielt ihr den Mund zu und sie biss ihm vor Angst so fest in die Hand, dass er dort auch noch blutete. Nach einigen Sekunden war der Spuk vorüber und lediglich die Nabe des Ventilators drehte sich, als wäre nichts gewesen. Der einzige Vorteil des Zwischenfalls war, dass sich dadurch das Abdeckgitter nach draußen gelöst hatte und die zwei schnell und problemlos nach draußen gelangten.

XL

Easy rutschte zuerst aus dem Lüftungsschacht, dessen Öffnung nach unten zeigte. Sie spürte die Wärme und sog die frische Luft der Oberwelt gierig ein. Hinter ihr rumpelte es, und Kette fiel ziemlich unelegant aus dem Schacht. Er schrie und riss sich dabei die Hände vor die Augen.

"Kette was ist los? Geht es dir nicht gut?"

"Ahh, zu hell! Ick seh nix mehr. Vadammt!"

Easy trug unter der Uniform immer noch ihr mittlerweile fast komplett zerrissenes Kleid. Sie griff unter die Uniform, riss einen langen Streifen davon ab und wikkelte ihn mehrfach um Kettes Kopf und verband ihm so die Augen.

"Super, und nu? Wie soll ick mir jezze orientieren, zielen, schießen, hä? Ick seh nix mehr."

"Hier oben musst du nicht schießen. Wir sind hier in Sicherheit. Hier sorgt die Städtische Schutztruppe für Ruhe und Sicherheit."

"Du meenst die bewaffnete Jauklertruppe, die zuerst meen Zuhause in Schutt und Asche jelecht hat und dir dann vajewaltijen wollte? Den soll ick vatraun? Dit gloobste doch wohl selba nich oder?", meckerte Kette.

"Vertraust du mir?"

"Hab ick ne Wahl?"

"Ja, du könntest auch alleine blind los laufen, im wahrsten Sinne des Wortes."

"Ha ha, du hast wohl vorhin bei Thul kurz inna Witzekiste jeschlafen, oda wat?"

"Nun komm' schon, ich führe dich."

Sie griff nach Kettes Hand und ging los.

"Jawoll, meene Führerin."

Easy verdreht bei dem Satz die Augen: "Meine Mutter hatte recht."

"Womit?"

"Meine Mutter hat mir immer gesagt: 'Jungen werden sieben Jahre alt und dann wachsen sie weiter.' Und wenn ich dich so betrachte, dann kann ich ihr da nur Recht geben."

Sie gingen los in Richtung der Neu-Berliner Arkaden, einer vor dem Hauptquartier der Städtischen Schutztruppe liegenden Parkanlage, an deren Seite sich ebenfalls die Stadtkanzlei, der Sitz des Bürgerpräsidenten, und das Weiße Rathaus befanden.

"Du meinst dit mit biologischem und jeistigem Alter?"

"Wie bitte? Was meinst du?"

"Naja ick meene dit sich bei einijen Menschen die körpaliche und jeistige Reife nich unbedingt gleichmäßig vollzieht."

"Genau."

"Also körperlich bin ick uff'm Stand eines 18-jährigen, voll jeschlechtsreif, inna Blüte von meem Leben und jeder Zeit bereit, beedet unta Beweis zu stellen", sagte er, mit einem süffisanten Grinsen in die Richtung gewandt, in der er Easy vermutete.

"Hätte ich dir nicht die Augen verbunden, dann würde ich dir, mal wieder, eine scheuern."

"Uhh ja, schlag mir, beiß mir und jib mir Tiernamen!"

"Wenn du nicht gleich leise bist, dann lass ich dich hier einfach stehen. Mitten vor der Zentrale der Städtischen Schutztruppe."

Kette war sofort ruhig und die beiden gingen Hand in Hand durch den Park. Nach einiger Zeit hatte Kette angefangen, sämtlichen dummen Sprüche gegenüber Easy zu unterlassen. Das hatte nichts mit Höflichkeit zu tun. Easy hatte einfach damit begonnen, ihn für jeden dummen Spruch gegen Laternen, Papierkörbe, Parkbänke und ähnliche, für Kette unsichtbare Dinge zu führen. Diese Form der Bestrafung hatte allerdings den Nachteil, dass sie langsamer voran kamen, als Easy erwartete hatte.

Am späten Nachmittag sprach sie eine junge Frau in Easys Alter an.

"Hey, kann ich euch helfen? Was ist denn mit deinem Freund los?"

"Dem geht's bestens", sagte Easy.

"Von wejen, alte Hexe." fauchte Kette.

"Die nächste Laterne ist deine, du alte Meckerziege", gab sie leise zurück.

"Warum hat er einen Verband um die Augen, so kann er doch gar nichts sehen", fragte die Frau naiv.

"Herzlichen Glückwunsch, Sie ham soeben den Tajespreis für unglaubliche Scharfsichtigkeit erhalten", sagte Kette zu ihr.

"Oh toll, was habe ich denn gewonnen?", frage die Frau.

"Ne Waschmaschine oder nen LKW, kannste dir aussuchen."

"Hä? Was?"

"Achte nicht auf ihn. Er wurde geblendet und ist schlecht gelaunt, weil er erst mal gar nichts sieht."

"Ach so, deshalb der Verband."

"Genau", schloss Easy das Thema ab.

"Ich glaube, ich weiß wie ich euch helfen kann. Kommt doch erst mal mit zu mir, dann kann ich mich vielleicht auch besser um deinen Freund kümmern."

"Dem ist nicht mehr zu helfen", murmelte Easy.

"Das hab ich gehört", knurrte Kette.

"Ach übrigens, ich heiße Lili, und ihr?"

"Ich heiße Easy … ähh Isabell, Isabell Stürmer, und das hier ist August."

Lili ging los und beide folgten ihr.

"Wie kommst du uff den Jedanken, ick würde Aujust heißen?", flüsterte Kette zu Easy.

"Weil du dich immer wieder wie ein dummer August aufführst."

"Der Punkt für Wortspiele jeht diesmal an dich."

"Vielen Dank, ich werde ihn mir einrahmen und zu Hause an die Wand hängen."

Nach einem kurzen Fußmarsch erreichten sie Lilis Wohnung. Es war eine gemütliche Zweiraum-Wohnung im ersten Stock eines Mietshauses in Treptow. Die Wände waren rot tapeziert und die Scheuerleisten und Türrahmen aus Echtholz weiß gestrichen. Die Dielen waren schwarz und zum Teil von Perserläufern bedeckt.

"Macht es euch bequem. Ich zieh mir nur schnell etwas gemütlicheres an", sagte ihre Gastgeberin.

"Warum? Trägt se denn wat Unbequemet? Dit iss doch total doof", fragte Kette leise Easy.

"Weil es chiquer aussieht."

"Hä?"

"Na, weil sie es schöner findet als das bequeme Teil."

"Dit kann ick jerade nich janz nachvollziehn. Se sieht lieba hübsch aus, als dasse sich wohl fühlt? Wie doof iss dit denn?"

"Ich habe keine Ahnung."

Kurz darauf war Lili zurück im Wohnzimmer, mit etwas an, das Easy höchstens zum Schlafen angezogen hätte und selbst dann nur bei abgeschlossener Zimmertür und zugezogenen Vorhängen.

'Nur gut, dass Kette gerade blind ist, sie könnte sich vor dummen Sprüchen nicht mehr retten.', dachte Easy.

"So, na dann gucken wir doch mal deine Guckerchen an", sagte Lili und nestelte an Kettes Augenbinde herum.

Als sie fast alles abgewickelt hatte, schrie Kette erneut auf und stieß sie so sehr mit der flachen Hand weg, dass sie hinten über fiel. Dabei hatte er wieder aufgeschrien und sich mit der anderen Hand die Augen zugehalten. Lili rappelte sich ziemlich schlecht gelaunt wieder auf und zog einen Flunsch.

"Mein Gott, was bist du denn für eine Mimose? Rennst herum, als wärst du der Terminator persönlich, aber sobald man dich mal ein bisschen anfasst, heulst du herum und schlägst um dich wie ein kleines Kind, das sich nicht waschen lassen will."

'Wenn du wüsstest, wie nah du damit an der Wahrheit bist.', dachte sich Easy im Stillen.

"Kein Vergleich zu meinem Edgar,", plapperte Lili weiter, "das ist ein ganzer Kerl sag ich dir."

"Sagtest du Edgar? Leutnant Edgar Müller?"

"Nein, Kommissar der Kriminalpolizei, Edgar Müller."

Easy war wie versteinert. In diesem Moment öffnete jemand die Wohnungstür.

"Hasiiiiiiii!", kreischte Lili und rannte auf den Mann zu, der in der Tür stand und wie versteinert Easy anstarrte.

Kette saß vollkommen blind und ahnungslos daneben und machte soeben seine Augenbinde wieder fest. Edgar starrte immer noch auf die Frau in Lilis Wohnzimmer. Das konnte nicht wahr sein.

'Sie müsste tot sein.', dachte er sich.

Langsam glitt seine Hand in die Tasche seines Mantels und holte sein Funktelefon heraus.

Er wählte eine Nummer: "Hier Kommissar Müller. Ich benötige sofort ein Sturm- und Festnahmekommando im Treptower Park 48, erster Stock rechts. Sofort!"

"Halte dich von diesen Terroristen fern, Lili, die sind gemeingefährlich. Sie haben drei Abgeordnete sowie zwei Mordversuche am Großkommandanten auf dem Gewissen."

Er zog seine Pistole und richtet sie auf Kette und Easy.

"Bist du irre Edgar? Warum sollte ich so etwas tun? Wie sollte ich so etwas tun? Warum sollte ich meinen eigenen Vater töten?"

"Weiß ich doch nicht, was in deinem kranken Terroristengehirn vorgeht. Vielleicht hat dich dieser Katakombenkrüppel manipuliert."

Getrappel im Flur kündigte die Ankunft des Sturm- und Festnahmekommandos an. Sie betraten die Wohnung und postierten sich um Kette und Easy herum. Kette, der nicht sah, was um ihn herum passierte, drehte verwirrt wie bei einem Tennisspiel den Kopf hin und her. Lili setzte sich, um nicht vor Aufregung ohnmächtig zu werden, gegenüber dem immer noch blinden Kette in einen Sessel. Während des ganzen Trubels um Edgars Ankunft hatte es draußen zu dämmern begonnen.

"Edgar, es ist mir egal, ob du eine andere Freundin hast oder nicht, aber müssen wir so auseinander gehen? Das ist der erste Sonnenuntergang, den ich seit Tagen sehe. Ich hab es immer genossen, mir mit dir die Sonnenuntergänge anzugucken. Ich möchte nicht, dass wir bei Sonnenuntergang auseinander gehen."

Jetzt mischte Kette sich ein: "Sach mal, wat reitest du eigentlich so uff dem beschissenen Sonnenunterjang rum, der iss doch soweit icke dit jelesen hab, jeden beschissenen Tach. Aussadem gloobe ick, dit wir jerade weitaus jrößere Probleme haben als nen versauten Sonnenunterjang."

Er machte eine kurze Pause.

"Oh Mann, bei mir fällt der Jroschen heute, aber ooch wieder pfennigweise. Dann iss ja jezze dunkel."

Er riss die Augenbinde ab und sah zuerst Lili in einem Hauch von Nichts vor sich.

"Nett", war sein Kommentar.

Dann sah er Edgar und die anderen Beamten: "Oh, Scheiße!"

Danach zog er blitzschnell hinten aus dem Kragen seiner Lederkutte ein Bajonett, schlitze Edgar den Oberschenkel auf, schlug ihm mit der flachen Seite die Pistole aus der Hand und schickte ihn mit einem linken Haken ins Land der Träume. Die anderen Beamten waren zwar nicht untätig, jedoch nicht sonderlich zielsicher. Kette warf sich auf den Boden und versuchte, sich hinter dem umgekippten Glas-Couchtisch in Deckung zu bringen.

"Hmm, doofe Idee", sagte er zu sich.

Er richtet sich auf, und schickte mit Edgars auf dem Boden gefundener Pistole den Beamten, der auf ihn zielte, über den Jordan. Der Zweite traf ihn währenddessen am Arm. Diesen nagelt er mit einem Wurf seines Messers an den Türrahmen, vor dem er stand. Der dritte hatte sich Easy geschnappt; er hielt ihr eine Waffe an die Schläfe.

"Keine Bewegung, oder deine Schlampe stirbt", sagte dieser.

Kette richtete die Pistole auf ihn.

"Weeßte wat? Meene Idee, sich hinta nem Glastisch zu vasteckn, war schon doof. Dit jeb ick zu. Aber dit is nich jerade sehr viel intellijenta, sich bei deena Größe von geschätzten zwee Metan hinta eena 1,70 Meter großen Frau zu vasteckn."

Kette schoss ihm in den Kopf.

"Kette, hinter dir …!" rief Easy, doch zu spät.

Eine schwere Vase zersplitterte auf Kettes Hinterkopf. Lili hatte ihn niedergeschlagen. Vom Treppenhaus kamen weitere Beamte, stürzten sich zu fünft auf den bewusstlosen Kette und die anderen gingen auf Easy los.

XLI

Als Easy erwachte, taten ihr Arme und Beine weh. Sie sah sich um und erkannte, dass sie sich in einer der Zellen der Städtischen Schutztruppe befand. Ihr Vater hatte sie ihr einmal gezeigt, als sie noch ein Kind war. In der Brust und den Armen hatte sie stechende Schmerzen, und sie entdeckte mehrere Einstiche. Als sie sich langsam aufrichtete, sah sie Kette, der an der gegenüberliegenden Seite der Zelle lag. Er hatte sich den Arm mit der Schusswunde mit seinem Halstuch abgebunden, um die Blutung zu stillen. Jetzt lag er, etwas blass um die Nase, und schien zu schlafen.

Easy taumelte zur Tür. Nach dem Angriff durch die Beamten war sie etwas schwach auf den Beinen. Sie hämmerte gegen die Tür, damit jemand kam, um sich Kettes Wunde anzugucken. Doch niemand kam. Sie sah sich in der Zelle um, um etwas zu finden, womit sie Kette helfen könne. Alles was sie entdeckte, waren eine Kamera mit Mikrophon, die sie beobachtete. Sie stellte sich vor die Kamera und rief, dass Kette Erste Hilfe benötige, dass er verwundet sei und dass sie einen Anwalt sprechen wolle. Als weiterhin sich niemand um sie zu kümmern schien, fing sie zu brüllen und zu toben an.

"Dit sieht ja janz lustich und amüsant aus, aba so langsam jehts mir uffn Nerv, kannste bitte damit uffhören", sagte Kette schwach hinter ihr.

"Aber die müssen uns doch helfen und einen Rechtsbeistand zu lassen. Das sind Bürgerrechte!"

"Aha, und wer hat deina Meinung nach Bürjarechte?"

"Na, alle Bürger."

"Sehr schön, sind wa Bürja diesa Stadt?"

"Ja!"

"Nee!"

"Doch!"

"Nee, sind wa nich."

"Wie kommst du denn auf diese dumme Idee?"

"Janz einfach, wa habn nich den janzen Krimskrams, um zeijen zu können, dit wa Bürja sind."

"Ich habe meine Identifikationskarte."

"Dit iss ja hocherfreulich für dir und wat mach icke?"

"Sie können dich nicht zurück schicken, das wäre unmenschlich."

"Hast du ooch mal die Lauscher uffjesperrt, als da komische Kerl mit dir jeredet hat? Ick bin für die hier oben keen Mensch, ick bin nen Katakombenkrüppel. Ne Art mutierte Ratte, und seit wann hab'n Ratten Menschenrechte?"

"Aber, aber, aber ..."

"Nix aber aber aber, laber Rhabarber. Deene Leute haben vor langa Zeit alle, die nich in ihr Weltbild jepasst ham, einfach nach unten abjeschoben. Jenauso wie ihr die Scheiße im Klo runterspült. Een Knopfdruck und die Schüssel is wieda blank. Weeßt du, wat'n Obdachloser ist? Schon mal nen Punk am Bahnhof beim Schnorren jesehen? Streetartkünstler? Straßenmusikanten? Grafitti? Nee?"

Easy schwieg.

"Hab ick mir jedacht. Ach ja, hätt ick fast vajessen. 'Willkomm zu Hause!'"

Die Zellentür wurde geöffnet und ein Mann mit einem kleinen Wagen kam herein. Ging in die Ecke und befestigte einen kleinen Kasten unter der Kamera.

"So, die Kamera und dit Mikro sind erstma andaweitich beschäftigt. Mahlzeit, ihr zwee Hübschen. Na, wat macht dit Leben?", fragte er die beiden.

"Et neigt sich dem Ende zu", antwortete Kette.

"Na na na, nu sei mal nicht so pessimistisch, Kleena. Ick hab nen paar feine Spielsachen für euch dabei."

"Oh toll, werden wa glei' hingerichtet?"

"Ach quatsch, ick hab Sanitätsmaterial und wat zum Futtern."

"Klopapier und die Henkersmahlzeit?"

"Nee, was du grad meinst, issn Sanitärartikel. Ick hab hier nen Erste-Hilfe-Paket und wat Leckeres zum in die Fijur schütten. Die Hunde draußen winseln schon aus Angst vorm Knurren eurer Mägen."

"Wer bist'n überhaupt?", fragte Kette.

"Hauptkommissar Alfred Schmidt, Kriminalpolizei."

Kette sprang hoch und wollte auf ihn losgehen. Schmidt schubste den geschwächten Kette locker zurück.

"Janz ruhig, du Spaßvojel. Ick hab ihrn kleen' Veiztanz jesehen, sah janz amüsant aus. Aber die Knallköppe in der Zentrale hats nich sondalich beeindruckt. Aber ick will euch helfen. soweit ick kann."

"Ach ja. Und warum?", fragte Kette und rieb sich die Stelle am Hinterkopf, mit der er gegen die Wand gestoßen war.

"Janz einfach, weil ick nich gloobe, dit ihr die Attentäta seid."

"Was für Attentäter?", fragte Easy.

Hauptkommissar Schmidt begann alles in Kurzform zu erzählen.

Als er fertig war, sagte er: "Ick kann nich glooben, dit Leute, die bei den Morden so profimäßich vorjejangen sind, sich in der Bude von so nem jeistigen Tiefflieger erwischn lassn. Vor allen Dingen sich ooch noch so einfach festnehmen lassen."

"Ey, ick hab vier von euren tollen Keene-Ahnung-wie-dit-heeßt-Kommando umjenietet. So einfach waret nu ooch wieda nich"

"Dreie, meen Kleena. Big Ed hast nur K.O. jeschlagen."

"Aba für den Typ am Türrahmen will ick nen Pluspunkt inna B-Note haben."

"Sach mal, sind wa hier uffm Basar für Eiskunstlauf? B-Note, ick gloob, et hackt. Außadem, meene Kleene, hast du dit Problem, dit die janze Horrorkulisse mit die sojenannten Katakombenkrüppel uff deim Vaschwinden uffjebaut iss. Wenn rauskommt, dit dein Verschwinden uff ner Materialschwäche von da Betonkuppel basiert und nicht durch ne Entführung dieser WKEA-Spinner, dann iss Essig mit die Plänen deines Papileins. Deswegen gloob ick, dassa dir eha vaschwinden lassen will, als dassa seine Pläne uffjibt. Und du, Keule, bist für seine Pläne einfach nur die geilste aller Wichsvorlajen. Ick gloob, wenna Zeit hat, wird er sich dadruff richtich eenen runterholen"

"Wie? Ick bin die Wichsvorlage von deim Chef?"

"Nur im übertrajene Sinne. Obwohl sojenau will ick da jar nich drüber nachdenken."

"Ick stell mir dit schon ziemlich eklig vor. Also bei Easy hätt ick nich dit jeringste Problem bei. Aber bei ihrem alten Herrn, nee dit iss, Bähhhh."

Hauptkommissar Schmidt drehte sich zu Easy um und guckte sie an. Sie verdrehte entnervt die Augen.

"Nimmet als Kompliment, Mädel. Dit iss zwar ziemlich absonderlich, aber ick schätze, dassa da unten nich all zuviel Zeit zum Süßholzraspeln hat."

"Ich habe nichts gegen Komplimente, nur seine sind mir irgendwie zu direkt und zu platt."

"Sind die von de Flitzpiepen hier oben etwa bessa oder tiefgründiga?"

"Nein, aber ich mag die platten und alten Sprüche nicht."

"Wat erwartest du von nem Kerl? Dassa dir Shakespeare zitiert als Anmachspruch?"

"Warte warte, dit kann ick, dit kann ick", mischt Kette sich aufgeregt ein.

"Herr, steh uns bei, was kommt jetzt?", frage Easy genervt.

Kette stand so gut er konnte auf und begann mit leiser, angenehmer und sanfter Stimme zu sprechen: "Der Narben ladet, wer Wunden nie gefühlt. Doch still, was schimmert durch das Fenster dort? Es ist der Ost und Julia die Sonne! - Geh auf, du holde Sonn'! Ertöte Lunen, die neidisch ist und schon vor Grame bleich, dass du viel schöner bist, obwohl ihr dienend. Oh, da sie neidisch ist, so dien ihr nicht. Nur Toren gehn in ihrer blassen, kranken Vestalentracht einher: Wirf du sie ab! Sie ist es, meine Göttin! meine Liebe! O wüsste sie, dass sie es ist! Sie spricht, doch sagt sie nichts: Was schadet das? Ihr Auge red't, ich will ihm Antwort geben. - Ich bin zu kühn, es redet nicht zu mir. Ein Paar der schönsten Stern' am ganzen Himmel wird ausgesandt, und bittet Juliens Augen, in ihren Kreisen unterdes zu funkeln. Doch wären ihre Augen dort, die Sterne in ihrem Antlitz? Würde nicht der Glanz von ihren Wangen jene so beschämen wie Sonnenlicht die Lampe? Würd' ihr Aug' aus luft'gen Höhn sich nicht so hell ergießen, daß Vögel sängen, froh den Tag zu grüßen? O wie sie auf die Hand die Wange lehn."

Easy saß mit offenem Mund da und starrte verblüfft Kette an.

"Romeo und Julia, zweete Szene, zweeter Uffzuch. Dit dürfte an Tiefgründigkeit für den nächsten Monat reichen, schätz ick", kommentiert Hauptkommissar Schmidt das Shakespeare-Zitat.

"So, und dit nächste Mal bitte mit Vor- und Abspann und allen Rollen – gleichzeitig."

Er klatschte Applaus. „Mädel, mach den Mund zu, sonst werdn de Milchzähne sauer. Kümmere dich mal lieber um seine Schusswunde, sonst fällt dem noch der Arm ab. Ach ja, janz unten im Wagen hab ick noch nen paar frische Klamotten für euch hinjelecht. Ick wünsch euch beeden allet jute."

Er ging zur Tür, klopft dreimal und wurde raus gelassen. Easy schnitt mit einer Schere Kette den Ärmel seines Oberteils auf, um besser an die Wunde zu kommen.

"Ey, mach meen Niki nicht kaputt."

"Ach komm, jetzt meckere nicht wegen dem alten Teil. Das ist gerade so ein umgenähter Scheuerlappen."

"Mag sein, aba dit iss meen umjenähter Scheuerlappen."

"Nun ist es sowieso zu spät. Außerdem kann man das auch wieder nähen."

Sie legte die Wunde frei und spülte sie mit etwas Wasser aus.

"Jetzt kommt der unanjenehme Teil", sagte Kette.

Er schaute sich um.

"Wonach guckst du?", fragte Easy.

"Wat zum Druffbeißen"

Kette sah auf dem untersten Blech des Wagens, den der Hauptkommissar mitgebracht hatte, seine Lederkutte liegen.

"Jib mir die ma bitte."

Easy tat, worum er sie gebeten hatte. Er nahm die Jacke, legte sich auf die Steinbank, auf der er bis eben gesessen hatte, nahm einen Ärmel in den Mund und wartete, dass Easy mit der Behandlung fortfuhr. Als sie den inneren Bereich säuberte, spannte er den Arm an und biss in den Ärmel. Er zappelte nicht. Als sie fertig war, verband sie die Wunde und Kette entspannte sich. Er richtet sich auf und Easy versorgte die Schnittwunden an den Ohren. Kette schaute skeptisch auf den Wagen auf dem Essen stand.

"Wat issn dit fürn Zeuch?", fragte er mit skeptischen Blick.

"Essen, das noch nicht gegessen wurde", antwortete Easy.

Sie griff sich eine der beiden Schüsseln mit Haferschleim.

Nach dem Essen sagte Kette: "So, wo is'n Bohm? Ick wünsche ihn herauszureißen."

"Weißt du überhaupt, wie ein Baum aussieht?"

"Weest du, wie ne Patrone vom Kaliba 5,56 mm NATO aussieht?"

"Nein."

"Siehste, uff beede Frage trifft die selbe Antwort zu."

"Aber wie willst du einen Baum ausreißen, wenn du nicht mal weißt, wie einer aussieht?"

"Dit iss doch nur son Sprichwort."

Easy schwieg.

"Sach ma, jefällt dir da Fetzen vonne Schutztruppen, oda warum willste den nich ma ausziehn und in wat frisches schlüpfen?"

"Du willst mich doch nur nackt sehn."

"Hmm, wär ooch ne Schande, bei sowat reizendem weg zu kieken. Aber wennde willst, kann ick mir ooch wegdreh'n, mir die Oogen zuhalten und laut 'A las barricadas' singen."

"Ja bitte, aber bitte ohne Singen. Eine Krähe ist kein Singvogel."

"Krah, krah", macht Kette, hockte sich wie ein ein Vogel auf die Bank, drehte sich mit dem Gesicht zur Wand und hielt sich die Augen zu.

"Und nicht schmuhlen", sagte Easy.

Er saß da mit gespitzten Ohren und malte sich in Gedanken aus, was sich hinter seinem Rücken abspielte. Easy zog sich die Uniform aus und betrachtet die Reste ihres alten Lieblingskleides. Die Ärmel hingen in Streifen die Arme runter, der Teil, der die Beine bedeckte, war seitlich vom Saum bis zur Taille gerissen, so dass sie zwar mehr Beinfreiheit hatte, man jedoch, wenn der Stoff ungünstig rutschte, ihr direkt auf den Hintern gucken konnte. Auf ihrem Bauch hatte sie einen langen Riss, der dafür sorgte, dass sie unter der Uniform bauchfrei war.

Sie warf die Uniform in die Ecke und entledigte sich ihres Kleids, indem sie die Teile, die es noch zusammen hielten, einfach zerriss und zu der Uniform in die Ecke warf. Sie griff sich den Overall, der gefaltet unten in dem Wägelchen lag. Sie zog ihn an und schloss vorsichtig den Reißverschluss. Danach zog sie die bereitgestellten Stiefel an und legte den Gürtel um.

Als sie fertig war, sagte sie: "Ok, du kannst wieder gucken"

Kette dreht sich um. Als Easy ihn sah, erschrak sie. Kettes Gesicht war knallrot und der Schweiß stand ihm auf der Stirn.

"Kette, ist alles ok mit dir?"

"Ja ja, allet ok. Mir jeht's bestens."

"Aber du bist knallrot im Gesicht und du schwitzt wie verrückt."

"Nee nee nee, allet jut, mir jehts prima."

Easy schaute ihn besorgt an. Kette stand auf, nahm seine Kutte, faltete sie und legte sie auf den Boden. Easy beobachtet gespannt das Geschehen und fragte sich, was er denn jetzt wieder für Mätzchen machen würde. Kette setzte sich daneben und legte sich hin, wobei er seine Kutte als Kopfkissen benutzte.

"Nein", sagte Easy.

"Hä? Wat?"

"Komm hoch!", sagte sie.

"Ick will aba schlafen", nörgelt Kette.

"Deswegen sollst du ja hochkommen."

"Willste etwa, das ick im Stehen schlafe?"

"Nein, du sollst zu mir auf die Bank kommen."

"Da iss aber keen Platz für Zwehe."

"Das lass mal meine Sorge sein."

Sie stand auf und holte ihr kaputtes Kleid. Als sie zurück war, knüllte sie es zusammen so dass es als Kissen dienen konnte. Kette saß auf der Bank wie bestellt und nicht abgeholt.

"Leg dich hin!", befahl sie.

Kette legte sich wie befohlen hin. Sie deckte ihn zu. Danach legte sie sich mit dem Rücken zu ihm auf die Bank. Kurz darauf drehte sie sie zu ihm, so dass sie sich in die Augen sahen.

Kette murmelte im Halbschlaf: "Wat warn dit jezze für Manöver?"

"Wenn wir schon so dicht nebeneinander liegen, dann will ich dich lieber sehen, als dich im Nacken zu haben."

"Ick habs dir schon mal jesacht, dass ick dir nicht anfassen werde, wenn du dit nich willst."

"Ja, ich weiß. Ich wollte mich auch bedanken, dass du mich gerettet hast."

"Keene Ursache."

"Doch, für mich schon. Außerdem bist du gar nicht so ein großes Arschloch, wie ich anfänglich gedacht hatte."

"Lass mir raten, ick bin in Wahrheit noch'n viel größeret?"

"Nein, eben nicht. Im Gegenteil, du bist streckenweise ein ganz schöner Vollidiot. Aber wenn es hart auf hart kommt, glaube ich, kann man sich voll und ganz auf dich verlassen."

Sie schwiegen.

Kurz darauf darauf fragte sie: "Hast du vorhin so geschwitzt und bist rot geworden, weil ich mich hinter deinem Rücken umgezogen habe?"

Während sie das fragte, strich sie mit ihrer Hand Kettes Arm aufwärts. Als sie aus Versehen seine Wunde streifte, zuckte er kurz zusammen. Als sie an seiner Wange angekommen war, hielt sie inne und streichelte sein Gesicht. Kette guckte sie immer noch regungslos an.

"Ja", antwortete er dann leise.

Kurz darauf erhob sie sich ein wenig und näherte sich Kettes Gesicht. Mit leicht geöffneten Lippen näherte sie sich den seinen. Kette legte ihr seine Hand auf ihre Schulter und näherte sich ihr. Ihre Lippen berührten sich. Es erschien Easy, als würde die ganze Zelle unter dem Kuss erbeben und erzittern.

XLII

Thul erwachte mit einem dröhnenden Schädel. Als er die Augen öffnete, sah er zuerst Sams Gesicht über sich. Sie hatte seinen Kopf in ihrem Schoß gebettet.

"Na, wieder fit?", fragte sie ihn.

"Ohah, mir dröhnt der Schädel", sagte er.

"Hmm, kenn ick. Hat ick vor kurzem ooch, irjend so ein Vollidiot hat mir eene runtergehauen", sagte Sam.

"Ahh, so is dit passiert. Sach mal, bin ick dit, der hier so stinkt oder wo kommt dit her?"

"Wir sind in der Kanalisation, deshalb riecht dit hier so streng."

"Kanalisation? Wie? Wat? Wir sind nich inna Werkstatt? Wo iss meene Werkstatt? Watt iss mit meener Werkstatt?"

"Die hat die Schutztruppe nach allen Rejeln der Kunst kassiert und platt jemacht."

"Dit iss nich dein Ernst? Scheisse icke hatte doch da noch wat für dich."

"Watt'n?"

"Wirste sehn, wenn wa da sind und wenns noch da iss", sagte Thul und rappelte sich auf.

Gemeinsam verließen sie die Kanalisation und machten sich auf den Weg zur Werkstatt. Von der Werkstatt war nicht mehr als eine Ruine übrig geblieben. Als Thul das sah, stand er wie versteinert da.

"Ey, nu komm, steh hier nicht so rum wie nen Ölgötze."

Sam zerrte Thul zu den Ruinen.

Dort angekommen sagte sie: "Na, viel kanns hier ja nich jeben, watte noch für mir haben kannst."

"Hilf mir ma, den janzen Mist hier wechzuräum'n", forderte Thul sie auf.

Der Boden war mit Schutt, kaputtem Werkzeug und Metallteilen überhäuft. Sie kamen nur langsam voran, da sie aufpassen mussten, sich nicht an den scharfkantigen Teilen zu schneiden.

Plötzlich schrie Sam kurz auf: "Verdammt, ick hab mir mit irgendwat jeschnitten."

Thul kam herüber und betrachtete sich die Wunde: "Von mir kanns nich sein. Wenn, dann wäre der janze Arm mit nem sauberen Schnitt ab."

"Sehr lustich, hattest wohl nen Witzbuch zum Frühstück?"

"Keene Ahnung, wat Kette das so heute morjen in den Topf gehaun hat."

Er ging kurz zum anderen Ende der Werkstattruine, wo er eine Flasche mit einer klaren Flüssigkeit und einen zu Sams Erstaunen sauberen Lappen aus dem Müll fischte.

"Zeich mal deinen Arm her!", sagte Thul.

Er öffnete die Flasche, aus der ein beißender Geruch strömte.

"Meinste es ist jetzt die richtige Zeit, sich einen auf die Lampe zu gießen?"

"Nee, aber es is Zeit, die Wunde zu reinijen. Halt still, dit wird gleich nen bissl brenn'."

Thul tränkte einen Teil des Lappens mit dem Schnaps und wischte die Wunde sauber. Den restlichen Teil band er wie eine Wundauflage um den Arm und fixierte ihn mit Gewebeklebeband. Sam betrachtete den Verband kritisch.

"So, weita jeths", bestimmte Thul.

Sie fuhren fort, den Schutt beiseite zu räumen. Auf einmal fühlte Sam sich irgendwie seltsam. Ihre Reaktionen waren langsamer und ungelenker als sonst. Es schien ihr, als sei aufrechtes Stehen schon eine kaum zu bewältigende Herausforderung.

"Oah Thul, irjendwie iss mir komisch", sagte sie.

"Hä? Watt iss los?", rief Thul zu ihr rüber.

"Mir iss komisch!", brüllte sie zurück.

Sie wollte zu ihm rüberlaufen. Als sie jedoch losging, verlor sie fast das Gleichgewicht und taumelte nach rechts. Das gleiche passierte ihr, als sie den linken Fuß vorsetzte. Sam verstand die Welt nicht mehr. Sie schaffte es irgendwie, sich ohne hinzufallen über das Schuttfeld zu bewegen, obwohl der Fußboden unter ihr hin- und herzukippen schien. Als sie vor Thul stand, hatte sie das Gefühl wie ein Schilfhalm im Wind zu schwanken.

"Tull ...", sagte sie mit schwerer Zunge.

"Ja?"

"Wat ... wat ... wat hassu mit mir jemacht?"

"Nix."

"Doch. Doch hassu. Du ... Du ... Du Schweinehund!"

"Sam, kannet sein, dit du betrunken bist?"

"Isch? Niemalls nich. Isch drinke keen Ahlkoholl. Isch muß doch Pansafahn."

"Hmm. Schon ok, setz dir besser erstma hin."

"Pansafahn. Wromm, wromm."

Sam hielt die Hände in die Luft, als wenn sie ein unsichtbares Lenkrad vor sich hätte. Thul legte ihr seine Hand auf die Schulter und brachte sie in eine sitzende Haltung. Er drehte sich kurz um und hielt nach etwas Ausschau. Hinter sich hörte er ein kurzes Würgen und ein Geräusch, als sei ein Sack umgefallen. Als er sich wieder zu Sam wandte, sah er, dass sie umgefallen war.

"Binn ummefalln", sagte sie und lachte.

"Hmm. Jute Idee, wat liecht, kann nich fallen", sagte Thul.

Er fand, was er gesucht hatte, nämlich eine Plane. Er schnappte sie sich und ging damit zu Sam. Sie war inzwischen eingeschlafen, wo sie umgefallen war. Als er sie zudeckte, wurde sie noch einmal wach.

Sie schaute ihn an: "Irjendwie bissu eijentlich jar nich so der jrenzdebile Trottel, als wie icke jestern jedacht hab. Eijentlich bissu janz ok, fassssssüß."

"Ich bin nicht süß, sondern höchstens schlecht für die Zähne", gab Thul bissig zurück.

Doch das hörte Sam nicht mehr, sie war eingeschlafen. Thul fuhr fort, den Schutt wegzuräumen.

Als Sam am nächsten Morgen erwachte, hatte sie das Gefühl, das Rommels komplettes Afrikakorps durch ihren Kopf gefahren sei. Zuerst dachte sie, das Dröhnen in ihrem Kopf sei das Motorgeräusch ihres Panzers. Da sie ihn aber nirgends sah und sich auch kurz darauf erinnerte, dass er ja gestern zerstört worden war, erkannte sie, dass das Dröhnen nur in ihrem Kopf existierte.

"Juten Morjen, Dornröschen. Na, fein jeschlummert?"

"Boah, halt die Fresse. Ick fühle mir so wie du aussiehst."

"Dann jeht's dir also glänzend. Icke fühle mir jedenfalls so, wie du aussiehst", gab er zurück und grinste sie an.

Sie griff sich ein kleines Stück Schutt und warf es grob in Thuls Richtung.

"Wat treibst du da überhaupt?", fragte sie.

"Wirste schon sehn."

Thul begann an einem Hebel zu arbeiten. Vor ihm bildete sich ein Spalt im Boden, der langsam aber sicher größer wurde. Dazu kamen mahlende und quietschende Geräusche. Nach einer Weile konnte Sam erahnen, was sich in der Grube befand, es musste etwas riesiges sein. Eine halbe Stunde später waren die Klappen, die Thul mittels einer Hydraulik geöffnet hatte, vollständig offen und er begann, an einer riesigen Kurbel zu drehen. Sam erkannte, dass sich der Boden des Lochs vor ihr zu heben begann.

"Keule, wenn dit dit iss, für dit icke dit halte, dann haste dir damit in die Annalen der Rüstungsjeschichte einjeschrieben."

"Nee du, lass mal. Meen Arsch bleibt ne Einbahnstraße."

"Idiot."

"Selba Idiot."

"Idiotin bitte. Oder willst du mir meine Weiblichkeit absprechen, nur weilick Panzafahrerin bin?"

"Du schreibst Regenrinnen ooch mit jroßem 'I' wa?"

"Hä?"

"Na RegenrInnen"

"Machn Kopp zu und sach mir lieber, wat dit sein soll."

"Ditte? Dit iss meen kleener Schnuffel."

"Aha."

"Schnuffel wiegt circa 90 Tonnen."

"Und wat kanner so tollet?"

"Stören, laut sein, kaputt machen."

"Seit wann brauchste denn dafür Jeräte? Dit kannste doch schon janz jut alleene."

"Dit mag ja sein, aber damit kann icks noch bessa."

"Achso, ne Schwanzvalängerung, sachs doch gleich."

"Jenau, denn mit dem kann ick nur Panik und Entsetzten verbreiten, für Tod und Zerstörung braucht icke Bruno."

"Bruno? Wer denn nu wieda Bruno?"

"Na ditte."

Thul zog die Abdeckplane von dem Fahrzeug und Sam sah einen Schriftzug, der wohl den Namen darstellen sollte.

'Druttis Riwänsch' stand dort in hellgrau auf dunkelgrauen Lack.

"Was steht denn da?", fragte Sam.

"Druttis Revenge", las Thul vor.

"Wer solln dit sein, dieser Drutti?"

"Na, Bruno Drutti, dit war nen antichristlicher, antifanatischer Freiheitskämpfer im panischen Würgerkrieg. Noch nie wat von der Kommune Drutti jehört?"

"Oh Mann, sobald irjendein Thema dit Jebiet Metall und Tod verlässt, dann biste ooch verlassen wa? Ick schätze eher, du redest hier von Buenaventura Durruti. Ditte war nämlich nen anarchistischa Freiheitskämpfa im Spanischen Bürjakriech. Und wat du jemeint hast, war nicht die Kommune Drutti, sondan die Kolonne Durruti. Nen basisdemokratischer Infanterie-Kampfverband. Wat hat dein Spielzeucch denn so allet uffm Kasten?"

"Jeschweißte Panzastahlwanne. In der Wanne starr einjebaut zwee mal nen 88mm PAK. Die Ketten loofen über die Wanne rüber. Dadruch konnte ick noch seitlich jeweils een koaxiales Revolverjeschütz rantackern. Die können zur Not ooch vom Beifahrer per Kamera und Fernsteuerung bedient werden."

"Dit klingt ja mal schon janz nett. Wozu brauchste dann noch den Turm?"

"Na, irjendwo muss ick doch noch die 76,2mm Kanone und den Minenwerfer nach hinten unterbringen."

"Watt issn dit da vorn, wat das so schräg rauskiekt?"

"Dit iss die Gatling-Gun fürn Beifahrer, dia per Hand bedienen soll."

Sam machte eine Runde um den Panzer herum, dabei fuhr sie mit der Hand über das Fahrzeug.

"Sieht allet ordentlich verarbeitet aus."

"Haste wat anderes von mir erwartet?"

"Hier hinten stehen noch ne paar Stahlstreben raus, die haste vajessen abzuschneiden."

"Wende die anschnippelst, schnippel ick dir wat ab. Dit is die Schiene vom Minenenleger."

"Minenleger? Wat solln ditte?"

"Na janz einfach. Normale Fahrzeuje kannste mit Krähenfüßen stoppen, weil de Reifen zastochen werdn. Bei Karren, die Volljummireifen oder gar keine Reifen haben, wie zum Bleistift andere Panza, da helfen Minen. Jenauso wie allen größeren Karren. Wenn se ruff fahren, machts 'Bumm'."

"Wie ist das Ding eigentlich jepanzat?"

"Frontpanzarung 150mm, anne Seiten 100mm und hinten 80mm."

"Fassen wa zusammen, zwee mal 88mm Jeschütz."

"Die haben ooch noch nen coolen Trick druff."

"Echt welchen?"

"Zwee Feuermodusse."

"Wat fürn Ding?"

"Die können uff zwee vaschiedene Arten ballern."

"Aha. Und wie soll ich mir dit vorstellen?"

"Na ja, entweder kannste beede uff einmal abschiessen und dann wieder janz langweilig laden. Oder du setz noch de Schwerkraftmajazine ein und kannst dit im alternierenden Rhythmus jeweils fünf Schuss pro Rohr abjeben."

"Watt?"

"Na, entweder beede gleichzeitig oda abwechselnd bis zu fünf Schuss vollautomatisch."

"So ne Art 88mm Maschinenkanone?"

"So inna Art."

"Also noch mal, fassen wir zusammen: ein 2x88mm Mörderjeschütz, drei Jatling-Juns und ein Minenleger im Rumpf, ne 76,2mm Kanone im Turm zusammen mit nem schweren Granatwerfer. Dafür würde dir die Kerle vom R.S.K. oder den Wölfen einen Heiratsantrag machen."

"Und wie steht mit dir?"

"Uff diese Frage antworte ick mit nem entschiedenen – vielleicht. Ick will erstmal probefahrn, irjendwelche Zielvorschläje?"

"Jo, hab ick, Hellvillage."

"Oh Mann, gleich richtig tief in die Scheiße?"

"Nee, janz im Jegenteil, raus aus da Scheiße. Wenn die Schutztruppe da mit ihre Panzas rinnkommt, dann kommen wir da ooch raus."

"Der Ausjang wird bestens ausjestattet und schwer bewacht sein."

"Na und? Hast doch selba festjestellt, dit wir dit ooch sind. Oder willste jezze, wo de den coolsten Panza von janz Altberlin unter deinem hinreißenden Arsch haben kannst, kneifen?"

"Ok, wie schmeiß ick die Kiste an?"

"Uff Start drücken."

"Wo?"

"Neben dem Steuerknüppel."

Sam verschwand durch die Fahrerluke im Inneren des Panzers: "Woah, aus der Kiste steig ick nie wieder aus."

"Ick hoffe, dit du doch irjendwann hier wieda aussteigst."

"Warum sollte ick denn ditte, dit Teil ist der Hammer!"

"Als ick dit Ding inn' drinn jeschweißt hab, bin ick hier ooch einjezogen. Nach ner Woche konnte ick meinen eijenen Jestank nicht mehr ertragen. Ick hab mir quasi selbst ausjeräuchert."

"Kannste mir die Karre ooch erklären? Hier sind ne Menge Sachen, mit die icke nüscht anfangen kann. Der Hebel hier zum Bleistift."

"Mit dem kannste den Sitz hoch und runterfahren, wenn du raus gucken willst, zum Aussteijen nicht jeeignet."

"Und ditte hier?"

"Ditte iss von Isolde. Son Gehpehess-Dingens. Dit soll loofen, falls Schnuffel jemals aus dem Loch hier rauskommt. Dit soll so ne Art ecklecktrische Landkarte sein."

"Watt solln dit für komischer Bildschirm sein?" - "Ditt iss die Zielanzeije für die Zwillinge, Boris und Joachim."

"Wer?"

"Die beeden 88er Jeschütze, die sind ja feste einjbaut, da zielste mitm Steuerknüppel."

"Krasse Scheiße ey. Und dit hier?"

"Ditte iss die Anzeije für Treibstoff, Jeschwindigkeit und Zellentemperatur."

"Womit looft die Karre übahaupt?"

"Mit na Brennstoffzelle, die Strom macht. Zur Not kann ick den Turm noch per Hand drehen und dit Turmjeschütz ooch."

"Die Karre iss ne fahrende Wassastoffbombe? Bist du bescheuert?"

"Haste jemals dranne jezweifelt?"

"Keinen einzijen Moment. Mal anjenommen, wa schaffen dit lebend nach draußen. Wat dann?"

"Wech von hier. Irjendwohin."

"Und wat willste dann da?"

"Meene Ruhe haben."

"Wat iss mit Kette und der Kleenen? Easy?"

"Die sinn wahrscheinlich tot. Ick hab nix mehr, wat mir hier hält. Warum soll ick inna Stadt bleibn, wo mir potenziell allet ans Leder will und wo kaum eener mir mag? Außerdem will ick wissen, wie'n Himmel aussieht und wat zum Henker so ne Wiese sein soll."

"Wat fürn Zeug?"

"Jenau, und dit will icke ja wissen. Kommste mit?"

"Hab ick ne Wahl?"

"Klar, du kannst zu den Polithippies inne K34 oder Köpi jehen, du kannst dir bei de Schwarzen Wölfe in nen permanenten Schwangerschaftsurlaub bejeben oder dir vom R.S.K. die jeweilige Speerspitze der Weltrevolution zeigen und vorführen lassen."

"Na, dit sind ja tolle Aussichten. Ok, wo war noch mal der Startknopp?"

"Rechts neben dem Steuerknüppel. Aber vorh ..."

Sam drückte den Startknopf. Ein lautes Dröhnen erfüllt den Innenraum, die Bildschirme flackerten auf und der Panzer wurde innen von einem grünen Licht erhellt.

"Boah Scheisse, wasn dits fürn Krach, wie soll ick dit denn aushalten?", brüllte Sam.

Thul stülpte ihr von oben einen Helm über. Sofort wurde es leiser, das Dröhnen verschwand fast völlig und Sam hörte Thul über das eingebaute Headset.

"Bessa so?"

"Jo jezze jeths."

"Dit nächste Mal sachste Berscheid, bevor de den Motor anschmeßt."

"Ick denk, dit iss ne Brennstoffzelle?"

"Jo, stimmt, aber die treibt den Elektromotor an."

"Klugscheissa."

"Selba. Jib Jummi, oder willste warten bis uns der Kontinentaldrift an Hellvillage vorbei schiebt?"

"Den Spruch haste Kette jeklaut."

"Sicher, dasset nich umjekehrt iss?"

"Dit iss eine interessante Fraje, die wa nie beantworten werdn könn."

"Na los, oder willste Wurzeln schlagen?"

"Hüpf' rinn, Kerl, ick brauch dir im Turm."

"Du meenst, du hast mal wieder einen im Turm?"

Über das Funkgerät im Helm klang Thul etwas kratzig, aber anders ging es bei dem Motorenlärm des Panzers nicht.

"Darüber wollte ick eh noch nen Wörtchen wechseln. Wenn du mir noch mal mit Alkohol abfüllst, brech ick dir sämtliche Knochen."

"Janz ruhig, ick war voll und janz damit beschäftigt, den Schutt beiseite zu schaffen, um an Schnuffel ran zu kommen."

"So wie du von da Kiste hier sprichst, könnt man mein, dit wäre dein Sohn."

"Ick erinnere mich da an so ne Jeisteskranke, die hat ma jesacht, dit ihr Panzer ihr Baby wär', und dit se eha mit dem Ding zusammen vabrennen würde, als'n uffzujeben."

"Also Leute jibts, nee nee nee, nur Bekloppte hier. Lass uns abhaun"

Sie hatten die Frankfurter Allee erreicht und waren sie bis zur Höhe der Proskauer gefahren, als sie in einiger Entfernung eine Barrikade der Schwarzen Wölfe erblickten.

"Och nee, müssn wa uns jezze durch jeden Scheiß-Barri kämpfen?" nölte Sam.

"Nee, müssen wa nich. Ick hab da nochn ne weiteren coolen Trick uff Lajer."

"Ach, und welchen?"

"Du hast doch die Panzerschürze jesehen, die oben den Turmdrehkranz schützt?"

"Jo, hab icke."

"Die kann man ooch als Räumschild einsetzten, wenn man sie ausfährt. Und wennde sie nur zur Hälfte ausfährst, dann kannste dir schützen, wennde aus da Fahrerluke rauskletters."

"Ja und nu?"

"Boris und Joachim haben in ihrem Visier nen Zoom drinne. Damit kannste jerob zielen. Aber nur biste die Schürze komplett ausjefahren hast, weil die verdeckt ja de Läufe, und du solltest die nich abfeuern, wenn der Schild runta ist. Dit würde uns in Stücke reißen. Damit kannste aber ooch sehr schön die beeden vastecken, bis den Schild anhebst und losballerst."

"Dein Schnuffel wird mir imma sympatischer."

"Die Barri besteht, soweit ick dit sehe, nur aus lose Steine und nen bissl Holz, ist auch nicht weita vawunderlich, Panzer sind hier eha selten."

"Hör uff, dit Ding hier als Panza zu beleidigen, dit issn Monsta, een allet vernichtenda Behemoth"

Dabei streichelte sie das Fahrzeug. Sam beschleunigte den Panzer auf 80 km/h und fuhr den Schild aus.

Nach vier Minuten fragte sie: "Wann kommt endlich diese Kack-Barri?"

"Wir sind vor unjefähr drei Minuten durchjebrochen."

"Biste dir da ooch sicher?"

"Dit wird mir imma wieda bestätigt."

"Wien ditte?"

"Na ja, von dem einen Kaspakopp hat sich een Arm in da rechten Kette verfangen und der wedelt jezze immer wieder an mir vorbei."

"Dit heißt, wenn icke im richtijen Moment ne Vollbremsung mache, dann fliegt dit Ding in der Haltung von deren Führergruß durch die Landschaft?"

"Jupp."

"Cool, sach bescheid wenns soweit ist. Ick will aba Publikum dabei haben."

"Na spätestens in Hellvillage werden wa dit passende Publikum haben."

Sie fuhren weiter in Richtung Osten.

Abgesehen von einigen lächerlichen Zwischenfällen war der Dienst am Tor II stets sehr entspannt. Mittlerweile hatten die Eingeborenen gelernt, dass sie hier Abstand von den Anlagen der Städtischen Schutztruppe halten sollten. Nur ab und zu gab es noch ein paar verzweifelte Idioten, die es trotzdem versuchten. Sie gingen alle im Kreuzfeuer der Schützenpanzer unter. Oberst Stein saß wie immer in seinem Kommandopanzer und hörte entspannt den Funkverkehr mit. Er rauchte gemütlich eine Pfeife.

Plötzlich kam ein ungewöhnlicher Funkspruch: "Gruppe Fünf an Oberst Stein, bitte kommen."

"Hier Oberst Stein, ich höre."

"Bei Koordinaten 4-6 Beta wurde ein Panzerfahrzeug gesichtet."

"Ja und? Das wird eins von unseren sein."

"Es fehlten jegliche Markierungen, und er entsprach nicht der bei uns üblichen Silhouette."

"Sie sind betrunken. Mann, wo soll denn hier unten ein Panzer herkommen, der nicht zu uns gehört?"

Plötzlich meldet sich noch eine anderen Gruppe: "Gruppe 7 an Oberst Stein, bitte kommen."

"Gruppe 7, Stein hört."

"Sind gerade bei Kontrollpunkt FA 2, FA 2 ist komplett zerstört, FA 3, FA 4 und FA 5 melden sich nicht mehr."

Oberst Stein verband die Standorte der genannten Punkte im Kopf auf einer Karte und er sah, dass irgendetwas in direkter Linie auf Tor II zuhielt.

"Linie 1 für Oberst Stein, unbekanntes Panzerfahrzeug ist mit hoher Geschwindigkeit auf Kollisionskurs."

Nachdem Thul und Sam vier weitere Kontrollpunkte einfach plattgewalzt hatten, kamen sie endlich in Hellvillage an.

"Halt ma vorsichtig an", sagte Thul.

Er spähte durch das Zielgerät des Turms und gab etwas in den Zielcomputer ein.

"Ok Sam, auf 50 km/h beschleunigen und stoppen bei Kommando, Vollbremsung."

"Jeht klar."

Oberst Stein öffnete die Luke seines Fahrzeugs, um sich selbst ein Bild von der Lage zu machen. Er sah, wie nicht weit entfernt ein Panzer anhielt. Diese Bauart gab es nicht bei der Städtischen Schutztruppe. Vor dem Rumpf war ein in einem stumpfen Winkel zulaufender Räumschild. Oben war, so vermutete er, ein altes 120mm Glattrohrgeschütz.

Plötzlich fuhr der Panzer an, um gleich darauf schlagartig zu bremsen. Dabei hatte sich etwas gelöst und flog durch die Luft. Nachdem er die Flugbahn kurz verfolgt hatte, sah er, das es direkt auf ihn zuraste. Doch da war es schon zu spät. Das Geschoss traf ihn mit der Wucht eines Faustschlags.

Als er wieder zu sich kam, war ein Sanitäter bei ihm.

"Was war das?"

"Ein Arm, Herr Oberst", antwortete der Sanitäter.

"Armleuchter", sagte der Oberst.

"Jetzt greifen sie uns schon mit Leichenteilen an. Besetzten sie alle Stationen, machen sie Hackfleisch aus diesen leichenfleddernden Scherzkeksen."

Als Sam wieder Gas gab, hörte Thul, wie die ersten MG-Salven auf dem Panzer einschlugen.

"Kack-Spielzeug, die mach'n mir nur'n Lack kaputt. Sam, wenn ick 'jezz' saje, dann fährste den Schild hoch und zeichst den Spaßvöjeln, wie richtige Feuakraft aussieht." Sie rasten mit 40 km/h auf die Linie der Schutztruppe zu. Als die Schutztruppe merkte, dass sie mit MGs nicht weit kamen, wechselten sie das Kaliber ihrer Waffen und schossen mit Panzerabwehrraketen. Was dem Panzer jedoch in keinster Weise zu bremsen schien.

Im Panzer krabbelte Thul vom Platz des Richtschützen auf den Beifahrerplatz und machte sich an dem Computer zu schaffen. Als er die beiden Bildschirme angeschaltet hatte, griff er sich die Joysticks und bediente damit die seitlichen Gatling-Guns, um die Schützen mit den Raketenwerfern in Deckung zu zwingen. Sie waren noch hundert Meter vor der Barrikade der Schutztruppe, als Thul "Jezze!" rief. Sam hob den Schild und feuerte zwei Schuss auf die Barrikade, die sich dabei nur leicht verbeulte.

"Scheiße, ick hab vajessen umzuschalten." brüllte Thul.

XLIII

'Dieser verfluchte Bastard.', dachte Edgar, als wieder zu sich kam.

Er wollte sich aufrichten, doch ein Sanitäter drücke ihn wieder sanft auf den Boden: "Bleiben sie ruhig, wir versorgen gerade den Schnitt in ihrem Bein."

Edgar versuchte sich, so gut er konnte, ein Bild von der Lage zu machen. Einige Einschusslöcher verunzierten die Tapete. Hinten an der Wand lag ein Körper unter einem Tuch.

"Na, wenigstens haben sie das Schwein erwischt, auch wenn es mir lieber gewesen wäre, wenn ich ihn hätte zur Strecke bringen können", sagte Edgar.

"Dazu haben sie noch die Möglichkeit, Herr Kommissar", sagte der Sanitäter.

"Wie bitte?"

"Das dort hinten ist einer ihrer Kameraden."

"Er hat einen Beamten getötet?"

"Nein."

"Aber sie sagten doch, dass der Tote dort hinten ein Beamter ist."

"Stimmt ja auch, aber hat auch noch zwei weitere getötet."

Edgar war sprachlos.

"Laut den Aussagen der Bewohnerin hat er Ihnen diesen Schnitt zugebracht, Sie danach niedergeschlagen und sich ihre Waffe unter den Nagel gerissen. Danach wollte er sich hinter dem Glastisch verschanzen, hat dann aber seinen Fehler eingesehen und den Beamten erschossen. Ein weiterer Beamter hat ihm einen Streifschuss zugefügt. Dafür soll dieser das Bajonett des jungen Manns in den Hals kassiert haben."

Im Hintergrund stemmte gerade ein Mitarbeiter der Gerichtsmedizin seinen Fuß gegen den Bauch der Leiche des Beamten und zog mit aller Kraft an Kettes Bajonett, das immer noch den Leichnam des Beamten am Türrahmen fixierte.

"Nix zu löten anne Holzkiste. Dit müssen wa abschneiden, um den da runter zu bekommen", kommentiert der Gerichtsmediziner.

"Und dit Bajonett?"

"Verkoofs ihr als avangardistischen Kleiderhaken."

"Ok", sagte sein Kollege.

Edgar fragte den Sanitäter: "Wieso hat ihn der dritte Kollege nicht erschossen?"

"Der hielt sich für besonders clever."

"Wieso?"

"Der zwei Meter Hüne dachte sich, dass es clever sei, sich hinter dem kleinen Mädel zu verstecken. Nur dass er locker nen Kopf größer war als sie. Der Typ hat's ihm noch erklärt und dann auch in den Kopf geschossen. Zum Schluss hat ihn die Bewohnerin mit einer großen Vase niedergeschlagen."

"Lili hat ihn unschädlich gemacht?"

"Wenn sie so heißt, ja."

"Ist ihr irgend etwas passiert?", fragte Edgar aufgeregt.

"Nein nein, alles in Ordnung, sie steht ein wenig unter Schock und ist hysterisch. Das war einfach zu viel für sie. So fertig, fast wie neu. Sie sollten in nächster Zeit das Bein nicht belasten, ich empfehle eine Krücke oder einen Gehstock."

Edgar richtete sich auf. Die Wohnung war wirklich ein Schlachtfeld. Der Sanitäter half ihm auf das Bein und er humpelte zu Lili herüber. Sie saß in eine Decke gehüllt und mit verweintem Gesicht auf ihrer Couch. Um sie herum lagen Glas und

Porzellansplitter und sie wippte langsam mit dem Oberkörper vor und zurück. Er setzte sich neben sie und nahm sie in den Arm.

"Schatz, wie geht's dir?"

"A-alles ok. Ich muss die Maler kommen lassen … und und ich brauche einen neuen Wohnzimmertisch. Oh Gott, wie erkläre ich dem Vermieter nur die Kerbe im Türrahmen und all das Blut im Teppich?"

Sie sprach immer lauter und letztlich schrie sie und fing wieder an zu weinen und zu schluchzen. Sie vergrub ihr Gesicht in Edgars Schulter.

Er streichelte ihre dabei den Rücken und sagte mit ruhiger Stimmer: "Komm, es wird alles wieder gut. Wir übernachten heute im Hotel und morgen sieht die Welt schon wieder freundlicher aus."

Er wandte sich an einen Beamten: "Gefreiter, besorgen Sie uns ein Fahrzeug, das mich und die junge Dame zum nächstgelegenen Hotel bringt."

"Jawohl, Herr Kommissar", sagte er und salutierte.

Er drehte sich um und verließ den Raum. Nach zehn Minuten hatte sich Lili wieder beruhigt, und der Gefreite kam zurück.

"Unten wartet ein Fahrzeug mit Fahrer auf den Herrn Kommissar."

"Sehr gut, vielen Dank."

Edgar und Lili erhoben sich und begaben sich zum Auto. Als sie unten aus der Haustür heraustraten, fuhr gerade die Limousine des Großkommandanten vor. Eine Tür wurde geöffnet und eine Hand bedeutet ihnen einzusteigen. Edgar und Lili folgten der Aufforderung.

"Ahh, Kommissar Müller, Fräulein Buskowski! Welch eine Freude, dass ich Sie hier noch treffe. Ich hatte schon befürchtet, sie zu verpassen. Ich wollte Ihnen gratulieren, das sie die zwei gefährlichsten Terroristen von Neu-Berlin gefasst haben."

"Ich danke Ihnen, Herr Großkommandant", sagte Edgar.

"Wie haben sie es eigentlich geschafft, die beiden in ihre Wohnung zu lotsen?"

"Das war eigentlich gar nicht …", wollte Lili erklären, doch Edgar schnitt ihr das Wort ab.

"Lili hatte die beiden auf der Straße gesehen und sofort das Gefühl, dass mit denen etwas nicht stimmte. Da sie wusste, dass ich heute Abend bei ihr vorbei kommen würde, hat sie sie zu sich eingeladen und in Sicherheit gewogen, bis ich eintraf, um sie festzunehmen."

Heinrich hatte Edgar gespannt zugehört und schaut nun Lili eindringlich an: "Das ist unglaublich, wie couragiert Sie gehandelt haben, mein Fräulein. Ohne Sie wären sie höchstwahrscheinlich entflohen und hätten weiter gemordet."

Nach einer kurzen Pause, in der alle drei schweigend dasaßen, ergriff Heinrich erneut das Wort: "Kommissar Müller, ich werde höchstpersönlich ihre Aussagen aufnehmen und würde mich freuen, wenn sie meine Gäste im Hotel Adlon wären, bis ihre Wohnung renoviert ist."

"Das ist sehr großzügig von Ihnen, Herr Großkommandant", sagte Edgar.

"Nenn' mich Heinrich", gab der zurück.

"Das ist sehr großzügig, Heinrich."

"Für meinen besten Mann nur das Beste."

Sie hatten inzwischen das Hauptquartier der Kriminalpolizei erreicht, stiegen aus und gingen zum Empfang. Der Beamte hinter dem Tresen stand auf und salutierte.

"Wir benötigen einen Arbeitsplatz zur Aufnahme einer Aussage", sagte Heinrich.

"Dritter Stock, Zimmer 3.024, ist einer frei."

"Sehr gut."

Heinrich führt Edgar und Lili zum Aufzug: "Mein Fräulein, würde es Ihnen etwas ausmachen, wenn sie draußen warten, während ich die Aussage des Kommissars aufnehme? Wenn Sie irgendwelche Wünsche haben, wenden Sie sich bitte an den Stockwerkswart, er wird ihnen alles benötigte besorgen."

"Nein nein, machen Sie sich keine Umstände."

Der Aufzug hielt im dritten Stock und sie stiegen aus. Edgar und der Großkommandant verschwanden im Raum 3.024. Lili setzte sich auf eine der Bänke, die dort für Wartende aufgestellt waren.

XLIV

"Scheiße, ich hab vergessen umzuschalten", brüllte Thul.

Sie kamen der Barrikade immer näher. Thul fummelt umständlich an den Geschützen herum.

"So, jetzt!"

Sam feuert noch einmal. Thul hatte jeweils eine Granate nachgeladen, so dass Boris und Joachim ihr volles Zerstörungspotenzial entfalten konnten. Zehn Erschütterungen ließen den Panzer erbeben. Mit der letzten Granaten lösten sich die Barrikaden in Schrott und Altmetall auf. Sam senkte schnellstens den Schild und Thul sorgte dafür, dass der Turm wieder voll gefechtsbereit war. In ungebremster Fahrt fuhren sie auf Tor II zu.

Als sie auch dieses durchschlugen, jubelte Sam: "Jiehaaaaaaa!"

"Wir sind noch nicht durch. Auf der anderen Seite geht's weiter."

Sie fuhren durch einen langen Tunnel. Hinter ihnen lagen die Reste der Wachmannschaft von Tor II.

Sam kam ein fataler Gedanke: "Wat iss, wenz draußen hell ist?"

"Dit nennse dann Tach", war Thuls erschöpfende Antwort.

"Und wenz zu hell iss?"

"Wie, zu hell?"

"Na Mensch, wa kenn doch nur dit schummerige Licht von uns, Sonnenlicht kenn wa nur vom Lesen her."

"Dit iss durchaus nen Fakt, den wa berücksichtijen sollten."

"Haste irjendwelche Schutzbrillen dabei?"

"Die Helme haben Sonnenfilter. Dit muss reichen."

"Wo hastn die?"

"Hier", sagte Thul.

Er drehte eine Schraube an ihrem Helm und fuhr eine getönte Scheibe aus. Sam stellte sie sich ein, um sie im Notfall schnell ausfahren zu können. Kurz darauf sah sie in einiger Entfernung ein helles Licht.

"Ah, das Licht am Ende des Tunnels."

"Vorsicht, dit könnte Mündungsfeuer sein."

"Leider is dit diesmal alles andere als lustich."

Sie fuhren die Sonnenfilter aus, als sie näher kamen. Als sie den Tunnel verließen, sahen sie und Thul durch die Filter alles in Grün. Sie kamen in ein Fahrzeugdepot. Links und rechts des Weges standen LKW und Schützenpanzer in Reihe und Glied. Sam feuerte mit einer Gatling-Gun die LKW-Reihe entlang. Alle LKW brannten.

Aus einer Baracke stürmten Schutztruppenmitglieder mit Gewehren und Handgranaten. Thul feuerte eine Granate aus dem Turm in die Baracke und Sam machte die restlichen Soldaten mit der Gatling-Gun nieder. Als sie weiterfuhren, jagte Thul mit dem rückwärtigen Granatwerfer jeden zweiten Schützenpanzer in die Luft, so dass die brennenden Wracks den dazwischen stehenden vernichteten. Als sie das Areal verließen, war nichts mehr übrig, was noch verwendungsfähig war.

Nach einer Weile, in der sie ohne Zwischenfälle geradeaus gefahren waren, hielt Sam an. Sie öffnete die Luke und sah in den blauen Himmel. Nachdem ihre Augen sich an die Helligkeit gewöhnt hatten, setzte sie den Helm ganz ab. Eine kühle Sommerbrise strich ihr durch ihre schweißnassen Haare und ließ einige lose Strähnen im Wind wehen.

"Sam? Sam?", hörte sie es dumpf auf den Panzer und leise aus dem Headset im Helm neben sich.

Sie registrierte es nicht. Sie war vollkommen gebannt von der Umgebung. Hinter ihr öffnete sich die Turmluke und Thul kam zum Vorschein. Er guckte sich skeptisch um. Doch nach ein paar Minuten nahm auch er den Helm ab und bestaunte die Umgebung. Die Sonne schien, und über den Himmel schoben sich langsam und friedlich Schäfchenwolken.

Thul sah hoch: "Wat sind dit für Dinger?"

"Ick gloob, die heißn Wolken." antwortete Sam.

Durch den friedlichen Eindruck, den die Landschaft auf die beiden machte, schienen ihnen die Kämpfe und der Durchbruch Jahre entfernt. Sam kletterte jetzt komplett aus dem Panzer und öffnete ihren Overall, zog ihn bis zur Hüfte aus und ließ ihr durchgeschwitztes Oberteil von der Sonne trocknen. Thul saß auf dem Rand der Turmluke und ließ die Beine in den Panzer baumeln. Sam drehte sich zu ihm um und guckte durch die Luke auf den Platz, an dem Thul bisher gesessen hatte. Sie sah ihn an lange und wortlos an.

"Meenste, da drin is Platz für Zwehe?"

"Schnuffel iss uff vier Besatzungsmitglider ausjelecht. Fahrer, Waffenoffizier, Richtschütze, Ladeschütze."

"Icke wollte mir jezze nur mal nach dem Platz vom Richtschützen erkundigen."

"Hmm, naja, ähmm …"

"Du hast also keene Ahnung Tja, dann jibts wohl nur eenen Wech, dit herauszufinden."

"Hä?"

"Rinn mit dir, ick will mir mal dit Jeschütz betrachten und kieken, ob du damit ooch umjehen kannst."

"Dit hab ick doch bisher bestens demonstriert."

"Mir nich. Hopp, rinn mit dir."

Thul stieg wieder in den Panzer und überlegte sich, mit welchen Erklärungen er beginnen würde. Sam ließ auf sich warten.

"Also, wenn ick dir watt zeijen soll, musst schon kommen."

"Na, dass hoff ick doch, dass dus schaffst."

Thul blickte ratlos zur Luke auf: "Hä?"

Plötzlich hockte Sam über der Turmluke. Sie war nackt. Sie ließ sich langsam in den Turm herab und setzte die Füße zuerst auf Thuls Sitz, stand einige Sekunden breitbeinig über Thul. Er konnte sehen, wie der Schweiß auf ihren Brüsten im Sonnenlicht glänzte.

Sie schaute zu ihm runter und lächelte ihn an: "Na, magst de ma kostn?"

Thul starrte sie weiterhin mit offenem Mund an und schluckte dann laut hörbar.

Sie beugte sich vor, stützte sich mit den Händen am Lukenrand ab und sah ihm in die Augen: "Oah, du wirst doch nich etwa rot?"

Schweiß trat auf Thuls Stirn und er gucke wie ein Reh im Scheinwerferlicht im Angesicht eines heranrasenden Sieben-Tonners. Sie ließ sich runter zu ihm und setzte sich rittlings auf seinen Schoß und sah ihn an.

"Dit scheint ja doch allet een wenich komplizierta zu werdn, als ick jedacht hab."

"Der Knopp entsichert ditt Jeschütz", sagte Thul wie aus der Pistole geschossen.

Tonlos zeigte er auf einen Knopf, starrte aber weiterhin in ihr Gesicht.

"Dit gloob ick aber wenijer, ick gloob dit iss eher der hier …", sagte Sam und öffnete den obersten Druckknopf von Thuls Kombi.

Erneut schluckte Thul: "… und der hier …"

Sam öffnete einen weiteren Knopf von Thuls Kleidung und fuhr fort, bis sie die komplette Knopfleiste an Thuls Kombi geöffnet hatte. Thul war völlig durchgeschwitzt. Sam zog ihm die Kombi runter, so dass er obenrum nur noch im Nicki dasaß. Sie legte ihm die Arme um den Hals und küsste ihn auf den Mund und am Hals. Thul saß wie versteinert da.

"Du darfst ruhig zupacken. Ick dürfte dir doch schon bewiesn haben, dit icke weda aus Zucka noch aus Glass bin."

Sie erhob sich. Ihre Brüste waren nun mit Thuls Augen auf einer Höhe. Thul starrte sie paralysiert an: "Ick hab von Jerüchten jehört, dit du Handwerka sein sollst."

Langsam wanderten seine Hände zu ihren Brüsten und fing langsam an, sie zu massieren. Sie drücke ihre Brust gegen seinen Mund, und Thul begann ihre Brustwarzen zu küssen und an ihren Nippeln zu lecken. Wenig später zog er sich die Kombi weiter runter und drang langsam in Sam ein. Sam gab Tempo und Rhythmus vor und Thul passte sich ihr an.

"Mensch, dit iss ja nen Mordsgerät …"

Thul und Sam erstarrten, guckten sich erst gegenseitig an und dann nach oben.

"… dit ihr da zusamm jebaut habt."

Über der Luke stand ein Mann mittleren Alters und guckte in den Turm hinein. Thul griff neben sein Bein und zückte eine Maschinenpistole und schoss eine Salve durch die Luke nach draußen. Der Mann war in Sicherheit gesprungen. Sam nahm die Maschinenpistole an sich und guckte heraus. Der Mann stand neben dem Panzer und grinste sie an.

"Perverser Spanner." rief Sam ihm zu.

"Gloob mir, dit war keene Absicht, euch bei eurem Schäferstündchen zu stören. Aber ick gloobe, dit dit, wat ick für euch habe, hochinteressant iss."

"Wie haste uns jefunden?"

"Mädel, dit issn Panzer und keen Tarnkappenbomba. Euch zu foljen schafft nen Blinder mitm Krückstock."

"Drehen Sie sich um, wir ziehen uns an, dann können wir reden."

"Wieso umdrehen? Meenste, ick hab noch nie ne nackte Frau jesehen? Aussadem hab ich euch gerade beim Ficken erwischt. In der Hinsicht werd ick eh nüscht neuet mehr entdecken."

Sam kletterte auf dem Panzer und stieg in ihre Kombi. Thul richtete, nachdem aus aus dem Turm geklettert war, die Maschinenpistole auf den Mann.

"Ihr müsst da unten ja echt ziemlich jewütet haben."

"Wie kommste denn dadruff?", fragte Thul.

"Ihr habt die komplette Städtische Schutztruppe am Arsch."

"Du hast jesacht, dass du wat für uns hast, dit wichtig iss. Dann ma raus mit der Sprache, sonst knallt's", sagte Sam.

"Ick wees, wo eure Leute sind."

"Kette und Easy?", fragte Thul.

"Son motzendes Großmaul und so ne klapperdürre unnütze Spinatwachtel?", fragte Sam.

"Wenn ihr die Tochter des Stadkommandanten und sonen Irren mit nur eenem Haarstreifen uff da Birne meent, ja."

"Wo iss Kette?", fragte Thul.

"In da Polizeikaserne im Tempelhofer Damm. Ick hab ne Wegbeschreibung für euch."

Thul setzte sich den Helm auf und war schon halb im Panzer verschwunden: "Lass stecken, wir haben son Gehpehess-Dingens, das zeigt uns den Weg."

"GPS? Boah, wie nostalgisch", sagte der Mann.

Sam fiel noch eine Frage ein: "Ey Keule, wer bistn überhaupt?"

"Alfred Schmidt, mit dt, Kriminalpolizei, Neu-Berlin."

Sam und Thul guckten sich ratlos an, verschwanden in ihrem Fahrzeug und fuhren los in Richtung Polizeikaserne.

XLV

Hauptkomissar Schmidt kam vor dem Hauptquartier an. Er betrat es und erkundigte sich, wo sich Kommissar Müller befand.

"Zimmer 3.024 in Begleitung des Großkommandanten", war die Antwort.

"Na, wer hätte dit jedacht", gab er zurück.

Er betrat den Aufzug und fuhr in den dritten Stock.

Oben auf dem Flur traf er Lili: "Moin Lili, meene Kleene, na wie jehts dir? Wie jehts der Frau Mama?"

" Hi, Alfred, ach … ganz gut. Mutti geht es bestens, und dir?"

"Bestens, danke der Nachfraje. Hast du Unfug anjestellt, oda welcher Wind hat dir hier her vaweht?"

"Ich bin mit meinem Schatz Edgar hier."

"Watn Zufall, seinetwejen bin ick ooch hier."

"Der Großkommandant hat gesagt, dass er sein bester Mann sei."

"Dit kann icke mir nur zu jut vorstelln. Bei dem musste uffpassen, sonst schnappt da dir dein Schatzi vor der Nase wech und macht ihm nen Heiratsantrach."

"Hi hi, du bist lustig. Edgar ist doch ein Mann, das geht doch gar nicht."

"Du wirst dit am ehesten wissen, meene Kleene."

Er streichelte liebevoll Lilis Kopf und sagte dann: "Na, ick jeh dann ma rein und schwatz' ein wenig mit den Herrschaften."

Er drückte die Klinke der Tür und betrat den Raum. Edgar und der Großkommandant sahen ihn erstaunt an.

"Mahlzeit. Na, wie läuft die Märchenstunde?", fragte Hauptkommissar Schmidt.

Der Großkommandant ergriff das Wort: "Im Gegensatz zu Ihnen, Hauptkommissar, erfüllt Kommissar Müller seine Aufgabe hervorragend."

"Ach nee, und wat hamse mit Ihrem Kommissar anjestellt? Soweit ick mich erinnan kann, war dit ein speichelleckender inkompetenter Kotzbrocken."

"Na na na, nur keinen Neid, Herr Schmidt! Ehre, wem Ehre gebührt."

"Aha, und welche Ehre gebührt Rambo junior?"

"Die zwei gefährlichsten Attentäter Neu-Berlins gefasst zu haben."

"Sie meinen Kette und Easy?"

"Ich habe keine Ahnung, wie sie heißen, aber das wird sich ja im Rahmen dieser Aussage klären."

"Sind Sie sich bewusst, dass die eene 'Attentäterin' Ihre eijene Tochter iss?"

"Ach, jetzt erzählen Sie doch keinen Unfug!"

"Doch, die Kleene, die sich Easy nennt, iss ihre Tochter Isabell."

"Meine Tochter wurde durch Katakombenkrüppel entführt, und die haben Gottweißwas mit ihr angestellt."

"Dit iss noch son Ding, Ihre Tochter iss zwar durch ein Loch im Betonsarkophag vaschwunden. Aber diese Katakombenkrüppel haben jar nix damit zu schaffen jehabt. Dit Tiefbauamt schon eher, aber damit kann man nich so toll an der Übawachungsschraube drehen, nich wahr?"

"Sie meinen, die drei toten Abgeordneten seien nur Hirngespinste und die zwei missglückten Attentate auf mich auch nur Einbildung?"

"Nee, die sind vollkommen real und ziemlich clever durchgeführt worden."

"Sie bewundern diese Assasinen auch noch?"

"Den Mörder, Singular, ick kann ooch mit Fremdwörta um mir werfen. Bewundern tu ick den Typen nich jerade, aber wie se schon jesacht haben: 'Ehre wem Ehre jebührt.' Die janzen falschen Fährten, die er jelecht hat, um von sich abzulenken, die Tötungsarten die imma im Zusammenhang mit dem Opfa standen und so."

"Aha, und wer soll all das getan haben? Fantomas?"

"Ne ne, der hat wenigstens noch Stil. Unsa Arschloch hier lässt für seine Karriere sein eijen Fleisch und Blut über die Klinge hobsen."

Plötzlich mischt sich Edgar ein: "Dazu wollte ich gerade kommen. Nämlich, dass ich im Zuge meiner Ermittlungen zu dem Schluss gekommen bin, dass die Mörder Zugriff auf Waffen aus dem Polizeiarsenal und Ahnung von Botanik haben mussten. Die Waffe und das Wissen über Botanik hat ihnen Ihre Tochter verschafft, und mit ihrem Verschwinden hatte sie versucht, von sich abzulenken und sich als Opfer darzustellen."

"Im Ansatz richtich, Kleena, aber in der Durchführung mangelhaft. Ersetz ma Isabell Stürmer durch Heinrich Stürmer und dit Vaschwinden durch Vajiften und nen Bombenattentat, dann haste den korrekten Tatherjang. Isabell kann nix damit zu tun haben, da sie weder Zugriff noch Ahnung von der Handhabung der Waffen hat."

"Dann hat sie die Waffen halt für ihre Mittäter besorgt. Das ist genauso verachtenswürdig."

"Und warum sollte sie denn den Abjeordneten von den Jrünen um die Ecke bringen? Sie iss doch selba Mitglied inna Jrünen Jugend."

"Ich habe keine Ahnung von Politik und kann Ihnen auch nicht erklären, warum sie das wollte. Fakt ist, sie hat es getan."

"Nee, dit iss eben keen Fakt, du Dößpaddel. Fakt is, dit eene Pistole uff unbekannte Weise aus'm Arsenal vaschwunden iss. Fakt iss ooch, dit nach dem Vaschwinden von Isabell und vor dem Mord am zweeten Abjeordneten im Gewächshaus von Frau Stürmer, der Jattin des Herrn Großkommandanten, een Exemplar Eisenhut abhanden jekommen iss. Wie willst du dir eijentlich erklärn, wie son dürret Mädel wie Isabell Stürmer bitte schön eenem durchtrainierten Kerl wie dem Abjeordneten Roske ne 40 Kilo schwere Jewichtstange uff die Brust schmeiß? Hä?"

Der Großkommadant klatschte Beifall.

"Alles vollkommen richtig, Hauptkommissar Schmidt. So als wären Sie dabei gewesen."

Edgar starrte von einem zu anderen.

XLVI

Als ihre Lippen sich berührten, erschien es Easy, als ob die ganze Zelle unter dem Kuss erbeben und erzittern würde. Sie genoss es. Am Anfang nur eine flüchtige Berührung, doch schon beim zweiten Mal blieben sie länger zusammen. Beim dritten Mal wollte sie mehr und presste ihre Lippen fest auf Kettes. Währenddessen verstärkte sich auch das bebende Gefühl in Easys Bauch. Beim vierten Mal wurde es ein Zungenkuss und in Easys Bauch explodierte eine Silvesterrakete. Selbst den Knall konnte sie hören.

Als sie die Augen wieder öffnete, hatte die Zelle sich grundlegend verändert. In der Rückwand klaffte ein riesiges Loch. In diesem Loch stand ein ebenso riesiger Panzer.

Aus dem Inneren hörte sie dumpf die Worte: "Treffer, versenkt!"

Oben auf dem Turm öffnete sich eine Luke und Thul kam zum Vorschein: "So, wenn ihr euer kleenet Balzritual uff späta vaschieben könntet, dann würde ick hier janz jerne vom Hoff reiten, weil ick gloobe, dit die Mitarbeiter von dem Verein hier allet andere als glücklich sind, dit wa vier von ihren tollen Zimmerchen kaputt jemacht haben."

"Wo kommt ihr denn her?", fragte Easy, die völlig verblüfft war.

"Draußen vom Walde, da komm wa her, ick muss euch sagen, dit eilt sehr. Die Bullen haben wir am Hacken, und Sam muss ziemlich dringend - nen Formular abjeben."

"Geile Scheiße, Alter. Schickes Spielzeug, darf ick ooch mal?", fragte Kette.

"Wollta nich erstma an Bord kommen?"

"Wo solln wa hin?"

"Erstma Helme uff und dann jehst du Kette nach vorn als Beifahrer und Easy, du schleichst dir zu mir nach hinten als Ladeschütze."

"Schützin, bitte sehr." ermahnte Easy ihn.

"Efrauze", schimpfte Thul.

Thul und Sam gaben ihnen Helme und alle verschwanden im Panzer.

"Warum habtan solange jebraucht, bissa hier wart?"

"Wir waren noch im Tierpark, im Naturkundemuseum, im Kino und bei McDonalds."

"Wie? Ihr wart im Tierpark, im Naturkundemuseum, im Kino und bei McDonalds? Feiert ihr hier einen Kindergeburtstag?"

"Ey Püppi, jegen den Kerl neben dir iss alllet nen Kinderjeburtstach. Aussadem weeste doch: 'Männer werden nich erwachsen, se brauchen nur größeret Spielzeuch.' Watt Thul hier mit mal wieda eindrucksvoll unta Beweis jestellt hat."

"Wie waret im Kino?", erkundigte sich Kette.

"Der Film war scheiße, dit Kino zu kleen, die Leute haben dauand dazwischen gekreischt, und die Städtische Schmutztruppe hat uns rausjejacht."

Mit einem Ruck hatte Sam den Panzer wieder in Bewegung versetzt. Er drehte sich auf der Stelle und vergrößerte das Loch in der Zellenwand. Im Hof hatten schon einige schwer gerüstete Beamte der Schutztruppe Stellung bezogen und hielten Granatwerfer in den Händen.

"Uhh, jezze wird's unjemütlich", kommentierte Kette die Szenerie.

"Wie kommste denn uff dit dünne Brett, Keule?", erkundigte sich Thul.

"Die ham Granatwerfer."

"Na und, ick hab schon Knallerbsen jesehen, die jefährlicher warn. Dürfte ick dir bitten, ziwschen eina von de drei Jatling-Juns zu wählen, um uns die Belästigung vom Hals zu schaffen? Die Idioten verfangen sich immer so doof in den Ketten, wenn man üba se rüba fährt."

"Woah, watt? Dreie? Fett! Boah Keule, wärste ne Frau, ick würde dir nen Heiratsantrag machen, jezz, hier un sofort."

"Vastehste jezze, wat ick vorhin jemeint hab?", mischt Sam sich ein.

"Hmm, aber du musst erwähnen, dassa weder zu den Wölfen noch zu de R.S.K. jehört."

"Keule, aber wir leben doch schon fast inna eheähnlichen Gemeinschaft."

"Weil wa uns jenauso oft streiten wien Ehepaar?", fragte Thul.

"Nee, weil wa jenauso oft Sex haben wien 20 Jahre lang verheiratetes Ehepaar."

Easy fiel bei diesem Dialog die Kinnlade runter: "Was? Ich dachte du stehst auf Frauen."

"Ey, nu bleib mal janz ruhig Püppi. Die beeden sind Waffenbrüder, keene warmen Brüder. Diesen verbalen Dünnschiss musste doch mittlerweile von denen kenn, oda nich?", beruhigte Sam sie.

"Ey, ick kann mir nich entscheiden, womit ick die Kaspaköppe da draußen platt machen soll. Soviel tolle Sachen", jammerte Kette.

"Thul, ick nehm deiner Ehefrau mal die Entscheidung ab, damit wa hier heute noch wech kommen."

"Ey, sach mal, seit wann bin ick denn die Frau bei uns?", meckerte Kette.

"Seit du rummjammerst wie ne Tussi mit nem 100%-Rabatt-Schein auf ein Paar Schuhe im Schuladen", gab Sam zurück und fuhr los.

Die Beamten schossen auf den Panzer, doch die Granaten explodierten ohne sichtbare Wirkung.

"Wo müssn wan jezz hin?", fragte Sam.

"Raus hier", war Thuls Antwort.

"Ach nee, du Klugscheissa, und wo iss bitte sehr raus?"

"Na, in da Jejenrichtung von rinn, iss doch vollkommen lojisch."

Sie fuhren los.

Als sie wieder durch das Loch in der Kasernenmauer fuhren, beschwerte sich Kette: "Dafür, dit hier allet so toll und neu sei soll, sind die Straßen selbst für nen Panza ziemlich beschiss'n."

"Die Straßen hier sind scheiße, die könn' nüscht ab. Halt lieba die Oogen offen, nich dit uns noch son doofer Heckenschütze mit na Panzafaust uffs Korn nimmt."

"Wo wollt ihr eijentlich hin?" fragte Easy.

"Raus", sagte Thul.

"Raus wohin?"

"Raus aus Berlin. Warum fahrtan dann rein?"

"Wir fahr'n einfach den Wech zurück, den wa jekommen sind. Da wa von draußen jekommen sind, führt uns der Rückwech ooch wieder nach draußen."

"Habt ihr keine Straßenkarte von Berlin?"

Sam mischte sich ein: "Wir ham son Gehpehess-Dingens, aba dit bringts nich so wirklich."

"Dann zeige ich euch, wo es lang geht, ich kenne mich hier aus."

"Supa, jetzt sagen uns schon die Hippies, wo's lang jeht."

"An der nächste Kreuzung rechts", sagte Easy.

Sie fuhren weiter.

Als sie an der Kreuzung ankamen rief Easy: "Halt!"

"Wattn jezz los?"

"Die Ampel ist doch auf rot."

Thul feuerte eine Salve aus dem Maschinengewehr auf die Ampel ab: "Jezz nich mehr."

"An der nächsten Kreuzung links."

Nach dem sie abgebogen waren, fiel Easy etwas ein: "Oh nein, ich hab vergessen, dass der Mehringplatz mit Pollern abgesperrt ist."

"Ja, und was machen die?", fragte Sam.

"Die hindern Autos daran, dass sie da rauf fahren können."

"Diese knuffigen, kleenen, süßen Töff-töffs, die hier immer am Fahrbahnrand stehen?"

"Ja."

"Wo issn dann dit Problem?"

"Das wir da nicht durch können"

"Wieso nich?"

"Na … weil da die Poller sind."

"Hör ma zu, meene Kleene, wir sitzen in einem neunzich-Tonnen-Panza und dit letzte, was uns aufhalten wird, sind diese popeligen Anti-Auto-Puller. Für uns sind dit höchtens ein paar dickere Grashalme und wir sind der Rasenmäher."

Sam gab Gas und fuhr unbeirrt weiter.

Auf einmal polterte und schepperte es draußen: "Also wenn dit deine ach so schröcklichen Puller waren, dann sind die noch langweiliger, als ick jedacht hab."

"Wo sind wan jezze?", fragte Kette, nachdem sie den Mehringplatz ein Weile hinter sich gelassen hatten.

"Wir müssten gleich auf der Friedrichstraße sein", antwortete Easy.

Vor ihnen standen mehrere Fahrzeuge mit dem Wappen der Städtischen Schutztruppe in zwei Reihen hintereinander, quer auf der Fahrbahn. Sam brachte den Panzer kurz davor zum Stehen.

Von außen kam eine Ansage: "Achtung, Achtung, hier spricht die Städtische Schutztruppe. Stellen sie den Motor aus und kommen sie langsam aus dem Fahrzeug heraus!"

"Mein Gott, wie poetisch sie doch sind, diese Kettehunde", kommentierte Kette die Ansage.

Sam fragte Thul: "Ey Schnurzel, sind die beeden großen Rohre wieda jeladen?"

"Jib uns drei Minuten Zeit, dann sind ses."

"Du hast zwei."

"Ok, ich schaffs in einer."

Thul und Easy luden die beiden 88mm Geschütze. Währenddessen fuhr Sam mit dem Panzer zügig rückwärts.

"Hä? Wat, fliehen wir etwa?", fragte Kette verwirrt.

"Nix da Flucht, ick hol nur Anlauf."

"Fertig, Herr Panzerkommandant", meldete Thul.

"Dit ick ne Frau bin, dürfte ick dir ja vorhin eindrucksvoll bewiesen haben, du Kaspakopp."

"Uff eene unnachahmliche Art und Weise", bestätigte Thul.

"Dann reißt du dir jefälligst mal am Riemen. Sonst kannst dir in Zukunft an selbigem wieda alleene rumspielen."

"Seid ihr zwee bald mal fertig mit euren Fisematenten?"

"Jo. Bei 'Los' fang wa an, bei 'Jezz' hörn wa uff. Los jezz!."

Sam fuhr los und feuerte zehn Schuss hintereinander auf die aus Fahrzeugen bestehende Barrikade. Als die Salve abgefeuert war, senkte sie den Schild und brach durch die Fahrzeugwracks.

Während sie durch die glitzernde Welt der Konsumtempel der Friedrichstraße brausten, hatten Kette und Thul einen Heidenspaß daran, die Glasfassaden von Esacda, LaFayette und den anderen Läden mit den Maschinengewehren und Gatling- Guns zu zerschießen.

"An der nächsten Kreuzung rechts", sagte Easy.

Als sie abgebogen waren, fragte Thul:"Wer isn der Typ da vorne uff'm Pferd?"

"Das müsste das Reiterstandbild von König Friedrich dem Großen sein", antwortete Easy.

Thul fing an, an dem Turmgeschütz herumzufummeln, es zu laden und auszurichten. Worauf konnte Easy nicht erkennen.

Beim Passieren der Statue öffnete Thul die Turmluke und rief laut: "Gott schütze den König!"

Nach einer Pause hörte sie: "Denn wir tun es nicht."

Dabei schoss er eine Granate ab und zerstörte das Standbild.

Als er wieder im Panzer war, fragte ihn Easy: "War das wirklich nötig?"

"Ja, weil er ein elender Monarch war."

"Och, ick fand den eijentlich janz kuhl", mischte sich Kette ein.

"Iss ja ooch keen Wunda, du bist ja ooch Anarcho-Monarchist."

Auf einmal legte Sam eine Vollbremsung hin.

"Plenum!", rief sie.

"Veto!", rief Thul.

"Also, ich hab da Bedenken bei", sagte Kette.

Easy guckte von einem zum anderen zum Dritten: "Haltet ihr das für eine gute Idee, hier mitten auf der Straße anzuhalten?"

"Wieso? Haste Angst, dit wir nen Stau verursachen?"

"Ich meine nur wegen meinem Vater."

"Na und? Wat iss mit deim Papi?"

"Er ist der Großkommandant der Städtischen Schutztruppe."

Alle drei schauten Easy sprachlos an. Das einzige Geräusch im Panzer war das Dröhnen des Motors.

XLVII

Edgar starrte mit offenem Mund von einem zum anderen.

"Wie bitte? Was? Ich verstehe die Welt nicht mehr. Waren sie es, Herr Hauptkommissar?"

"Oh Mann, Junge, du bist echt noch dümma, als ick jedacht hab. Der Großkommandant wars, du jeistiger Tieffliejar."

"Da muss ich dem Herrn Hauptkommissar recht geben. Sehr gute Arbeit, würden Sie meine Pläne nicht stören, dann würde ich sie sogar dafür belobigen."

"Ihre Pläne? Wat sind denn ihre Pläne? Dit iss nämlich dit Detail, dit mir noch fehlt."

"Na, welche Pläne wohl, Herr Schmidt? Ich will der Präsident von Berlin werden."

Jetzt schaltete sich Edgar wieder ein: "Aber … Sie sind doch schon der Polizeipräsident."

"Stimmt, Ede, aber ich will DER Präsident werden."

"Joh, aba dafür müssn sen Mitglied inna Partei sein. Ooch wenn manche dit anzweifeln, leb'n wa immer noch inna Demokratie", sagte Hauptkommissar Schmidt.

"Nicht mehr lange, Herr Schmidt, nicht mehr lange."

"Wenn da Senat erst ma mitbekommt, wat hier so looft, dann setzn die sie janz schnell an de frische Luft."

"Aha, meinen sie?"

"Jopp, dit mein' icke. Ick wees ja nicht, wo Sie mittlerweile so jeistig rumschweben, aba so einfach werdn die Ihnen dit nich machen."

"Was denken Sie, warum ich diese ganze Mordserie inszeniert habe?"

"Keene Ahnung, dit hab ick sie ja vorhin schon jefraacht, aber da sind se mir ja wien richtiga Politika im Wahlkampf ausjewichen."

"Ganz einfach, ich arbeite mit den altbewährten Mitteln, Angst und Terror."

"Wat wolln se mit Angst und Terror erreichen?"

"Das ich den Notstand ausrufen, das Kriegsrecht verhängen und mich dann aller lästigen und störenden Subjekte entledigen kann, bis ich Präsident von Berlin bin."

"So ne Art versteckter Putsch? Da hat die Bundesregierung aba ooch noch nen Wörtchen mitzureden."

"Nein, das ist ja das Geniale daran. Alle Todesopfer sind Mordopfer. Und die, die jetzt sterben, werden in Folge der Ausschreitungen durch die Katakombenkrüppel sterben. Das ist Ländersache und sofern ich nicht Hilfe von Außen anfordere, was ich tunlichst vermeiden werde, wird sich auch niemand darum scheren, was hier vor sich geht. Durch die Morde an den Abgeordneten habe ich die Angst vor den Alternativen geschürt sodass ich die Überwachung ausbauen kann. Und jetzt durch den Angriff der Katakombenkrüppel kann ich die Schutztruppe schamlos hochrüsten. Und da die Katakombenkrüppel ohne Hilfe nicht ausbrechen können, müssen sie ja hier oben Hilfe haben, so dass ich auch diese Subjekte ausschalten muss. Es könnte praktisch jeder sein."

"So dasse jeden, der ihnen in de Quere kommt, einfach als Kriminellen beschuldijen und verknacken lassen könn."

"Sie haben es erfasst, Hauptkommissar."

"Dit haben se aber bei der Heilijen Römischen Inquisition jeklaut."

"Wenn es funktioniert, warum sollte ich es lassen?"

"Weils illejal iss."

"Ha ha ha, zeigen Sie mich doch an."

In diesem Moment klopfte es an der Tür und ein junger Angestellter betrat den Raum: "Herr Großkommandant, melde gehorsamst, dass ein unbekanntes, gepanzertes und schwer bewaffnetes Fahrzeug vor ungefähr drei Stunden Tor II durchbrochen und die Besatzung vernichtet hat. Es wurde vor anderthalb Stunden gesichtet, als es den Tierpark verwüstete und vor einer Stunde ein Kino im Prenzlauer Berg zerstörte und 15 Minuten später das Naturkundemuseum durchbrach. Derzeit scheint es die Polizeikaserne in Tempelhof zum Ziel zu haben."

"Woher wollen Sie das wissen?"

"Es hält direkt darauf zu."

"Danke, wegtreten."

"Kommen wir also zum letzten Teil meines Plans. Die Ausrufung des Notstandes wird nur noch eine Frage von ein paar Stunden sein", sagte der Großkommandant, nach dem sie wieder alleine im Raum waren.

"Aha, und wat sollte mir davon abhalten, Ihnen die Suppe zu vasalzen?"

"Eine gute und berechtigte Frage, Herr Schmidt. Wie wäre es mit ihrem vorzeitigen Ableben?"

Er zog eine Pistole mit Schalldämpfer aus seinem Mantel und richtete sie auf Hauptkommissar Schmidt, dessen Miene sich verfinsterte.

"Natürlich in vollendeter Pflichterfüllung, im Angesicht des Feindes heldenhaft gefallen, für Sicherheit und Ordnung."

"Aha, und wie hab ick mir dit vorzustellen?"

"An dieser Stelle werde ich mich an Ihren Kollegen, Herrn Müller, wenden."

Zu Edgar sagte er: "Kommissar Müller, ich hatte Ihnen gegenüber ja schon einmal angedeutet, dass es mich freuen würde, Sie auf dem Posten des Hauptkommissars des Morddezernats zu sehen. Jetzt haben sie Möglichkeit, aktiv an ihrer Beförderung mitzuwirken. Das einzige was sie tun müssen, ist dafür zu sorgen, dass der Posten des Hauptkommissars frei wird."

"Aha, und wie?"

"Ich habe gehört, dass der Hauptkommissar morgen früh in der Schneise der Verwüstung, die das unbekannte Panzerfahrzeug hinterlassen hat, tot aufgefunden wird."

"Ah, ich verstehe, Herr Großkommandant. Ich werden ihn durch die Verbindungstüren bis zum anderen Ende des Flurs schaffen und dann durch den Hintereingang nach draußen."

"Sehr gut! Vor morgen früh darf niemand etwas mitbekommen."

Es klopfte wieder an der Tür, der Großkommandant verbarg seine Pistole, immer noch auf den Hauptkommissar gerichtet, in der Manteltasche.

Diesmal trat der persönliche Assistent des Großkommandanten ein: "Herr Großkommandant, der Senat wünscht Sie umgehend zu sprechen. Es geht um die Terroranschläge, die heute vorgefallen sind."

"Ja, ich komme sofort."

Zu den beiden anderen sagte er: "Sie sehen, meine Herren, ich bin ein viel gefragter Mann. Ich empfehle mich."

Er verließ das Zimmer.

Während der Verabschiedung hatte Edgar seine Pistole gezogen und auf Hauptkommissar Schmidt gerichtet: "Legen sie bitte Ihre Waffe langsam und vorsichtig auf den Schreibtisch, heben Sie dann die Hände so, dass ich sie sehen kann, und treten Sie dann drei Schritte zurück."

Hauptkommissar Schmidt tat wie ihm befohlen: "Ick hab jedacht, dass du nen Depp bist, aber dass du dazu ooch noch nen charakterloses Arschloch bist, dit hab ick nich jewusst. Die arme Lili."

"Lassen sie Lili da raus. Sie hat damit nichts zu tun."

"Mit sowat wie dir sollte se besser nüscht zu tun haben. Von mir aus nen rammelnden und stammelnden Vollidioten, aber nich sowat hinterfotziges wie dir."

"Seien sie ruhig, sonst ..."

"Sonst wat? Willste mir umbringen?"

"Erst wenn Sie da sind, wo sie sterben sollen. Aber wenn Sie Ärger machen, könnte es passieren, dass in der Pathologie demnächst die Stelle der Chef-Pathologin neu zu besetzen ist."

Hauptkommissar Schmidt war sprachlos vor Wut.

Edgar hatte sich inzwischen auch Schmidts Pistole genommen und richtete nun beide auf ihn. "Würden Sie bitte die Tür zum nächsten Zimmer öffnen und durchschreiten? Danke."

XLVIII

Alle drei schauten Easy sprachlos an, das einzige Geräusch im Panzer war das Dröhnen des Motors. Thul fand als erster die Fassung wieder. Er zog seine Maschinenpistole und richtet sie auf Easy.

"Du miese kleene Schlampe", presste er zwischen den zusammen gebissenen Zähnen durch.

"Keule, so eben hast Du den Bereich dit schlecht'n Jeschmacks erfolgreich valassen. Wat kann Easy für den Scheiß, den ihr Vadder vezapft hat?"

"Dit halte ick für ne berechtigte Fraje. Von all den Klappspaten, die uns bisher über den Weg jeloofen sind, hat sie uns noch nich ans Been jepisst."

"Wer weeß, wat se vorhat. Sie iss die Tochta von dem Obermotz von diesen Arschlöchern."

"Wen du jezze hier mit Erbschuld und so komm willst, dann jeh doch zu de Schwarzen Wölfe", versucht Sam Thul zur Räson zu bringen.

"Keule, steck die Knarre wech. Wennde jezze hier rumballerst, werden die Querschläger uns alle pürieren, dann sehn wa hintaher alle aus wie Erdbeerbowle."

Thul richtete immer noch die Maschinenpistole auf Easy. Kette dreht sich so gut es ging herum und schlug mit dem Knauf seinen Messer gegen Thuls Schienbein: "Ey Keule, komm ma wieda klar. Ick wees ja, dit die Mistmaden von da Schutzruppe deene heißjeliebte Werkstatt platt jemacht haben. Aba dafür kann Easy doch nüscht. Im Jejenteil, die wollnse jenauso umnieten wie uns. Wir sitzen alle im selben Boot"

"Dit isn Panza, Keule, nen Panza, der kann nich schwimmen", war Thuls Reaktion.

"Wie, dit kanna nich? Ick bin schwerst enttäuscht von dir, meen Großa", sagte Sam.

Easy saß zitternd neben Thul und wusste nicht, wie sie reagieren sollte.

"Wir könntn se als Geisel nehmen und freiet Jeleit fordan."

"Ähm, ick wees nich, ob du mir vorhin zujehört hast. Die wolln se tot sehen. Wenn du se also abknallst, tust du den noch'n Jefallen, die sparen dann Munition. Außadem brauchste se, um die Jeschütze zu ladn."

"Stimmt dit? Will dein Alter dir wirklich um die Bije bringen?", fragte Thul Easy.

"Ich fürchte ja. Bisher hat er alles, was ihm im Weg stand, so oder so, rücksichtslos beiseite geräumt."

"Keule, die Schutztruppen wären uns mit oder ohne Easy zur Werkstatt jefolgt und hättn sie platt jemacht. Da isse vollkommen unschuldich dranne."

Langsam senkte Thul die Waffe und sicherte sie: "Wenn wa deintewegen in Jefahr jeraten, dann schieß ick dir dein vadammten Schädel von den Schultan."

"Scherzkeks, wer hattn dafür jesorgt, dass wa mit nem Panza ne Garnision der Schtztruppe platt machen und in dern Hauptkasern eindringen? Ick gloob, dit die Kleene die letzte in der Reihe der Schuldijen iss."

"Hmm ok, du hast recht."

"Danke, ick wees, ick kann nich anders. So jenug heiße Luft produziert, wird Zeit das wa ma wieda nen bissl Jas jeben. So Püppi, sach an, wo wa hin müssen, um ausm Irrenhaus hier rauszukomm'."

"Einfach der Straße folgen, am weißen Rathaus vorbei, unter der Eisenbahnbrücke durch und dann an der nächsten Ampel rechts."

"Klingt einfach, sollten wa schaffen."

Sam gab Gas und sie fuhren los. Mit einer kindlichen Freude spielten Kette und Thul das Spiel 'Wer-schießt-die-Ampel-zuerst-aus'.

Als sie auf die Brücke zufuhren, rief Kette: "Stop! Da iss der Typ, der uns eingebuchtet hat."

"Etwa Edgar?", fragte Easy.

"Keene Ahnung, wie der hieß."

Easy drängte sich an Kette vorbei.

"Das ist er", sagte sie, als sie auf den Monitor der Frontkamera schaute.

"Ja und? Hata panzerbrechende Waffen bei sich? Oda irjendetwat, das uns interessieren könnte?", erkundigte sich Sam.

"Nicht, dass ich etwas sehen würde. Aber was macht er da?" sagte Easy.

Edgar hatte Hauptkommissar Schmidt durch den Hinterausgang aus dem Hauptquartier der Städtischen Schutztruppe zu der S-Bahnbrücke am Alexanderplatz dirigiert. Er wollte ihn mit der S-Bahn zu seinem Bestimmungsort bringen. Als sie gerade unter der Brücke durchgehen wollten, sahen sie, wie sich in einiger Entfernung der Panzer näherte.

"Na, das trifft sich doch hervorragend, Herr Schmidt, da brauchen wir nicht so weit laufen. Vor allem für Sie hat das Vorteile, Männer in ihrem Alter sind ja nicht mehr so gut zu Fuß."

Hauptkommissar Schmidt stand stumm da. Seine Gedanken waren bei seiner Geliebten. Wenn er jetzt mitspielen würde, würde sie unbehelligt davonkommen, könnte in Ruhe weiterleben und ihre Pension genießen.

"So, bringen wir es zu Ende, Herr Hauptkommissar. Wenn Sie die Güte hätten, zur Mitte des rechten Fahrstreifens zu gehen und sich hinzuknien?"

Hauptkommissar Schmidt tat wie ihm befohlen.

"Haben sie noch irgendwelche letzten Worte?"

"Joh hab ick."

"Die da wären?"

"Deine Mudda arbeitet im Fischladen. Als Jeruch."

Edgar schoss ihm, ohne mit der Wimper zu zucken, in den Kopf.

Easy beobachte, wie einer der Männer sich auf der Straße hinkniete. Sie sah auch, dass sie sich unterhielten, konnte aber nicht verstehen worüber.

"Übrijens du kannst mit der Kamera ooch zoomen, und dit Ding hat nen Richtmikro." mischt Thul sich ein.

"Wie bitte?", fragte Easy.

"Na ditte", sagte Kette und drücke ein paar Knöpfe und bewegte einen Hebel.

Die Kamera zommte auf den knienden Mann: "Deine Mudda arbeite im Fischladen. Als Jeruch." Ein Schuss folgte. In der Kamera erkannt sie den Mann, der tot auf der Straße lag.

"Das … das ist mein Patenonkel Alfred."

Sie rutschte zurück auf ihren Platz, schnappte sich blitzschnell die Maschinenpistole, mit der Thul sie noch vor kurzem bedroht hatte, öffnete die Luke und kletterte raus. Sie eröffnete sofort das Feuer und schoss das Magazin leer. Sie hatte den Mann getroffen. Er lebte noch, jedoch hatte er seine Waffe fallengelassen.

Thul reicht ihr eine weitere Pistole hoch: "Bei dein' Schießkünsten sollteste näha ranjehen."

"Schnauze!", ranzte sie ihn an.

Easy steig aus, um dem Mörder ihres Patenonkels den Rest zu geben. Als sie sich ihm näherte, erkannte sie ihn. Es war Edgar. Er griff mit seiner verbliebenen gesunden Hand in den Mantel.

Im Panzer hatte Kette Edgar mit der Front-Gatling-Gun und der rechten Seiten-Gatling-Gun im Visier. Bereit, bei der kleinsten falschen Bewegung den Typen in

Hackfleisch zu verwandeln. Der Typ zuckte kurz, dann zuckte er noch einmal, aber das zweite mal anders.

Easy sah, wie Edgar etwas aus seiner Tasche ziehen wollte und schoss ihm in den anderen Arm. Das Magazin ihrer Maschinenpistole war nun leer. Edgar stand mit zwei schwerverwundeten Armen vor ihr. Auf dem Boden vor Easy lagen die zwei herunter gefallen Pistolen. Sie nahm sie beide. Die Schalter und ihre Beschriftung ähnelten der von Thuls Waffe.

"Hallo Liebling. Wie geht's dir?", fragte er sie mit künstlicher Fröhlichkeit.

"Du hast mich mit diesem hirnlosen Flittchen betrogen. Du hast mich verraten, nur um dich bei meinem Vater einzuschleimen. Und du hast meinen Patenonkel getötet, der letztlich mehr Vater für mich war als mein leiblicher."

Sie schaltete auf Vollautomatik und richtete beide Pistolen auf Edgar: "Nenne mir einen Grund, warum ich dich verschonen sollte."

"Weil es unmenschlich ist?"

"Du tötest auf Befehl und forderst für dich Menschlichkeit?"

"Weil es ungesetzlich ist?"

"Du hast Unschuldige ins Gefängnis gebracht, wichtige Zeugen getötet und deckst einen Mörder und redest von Gesetzestreue?"

"Weil ich dich lie ..."

Der Rest von Edgars Antwort ging im Lärm der Schüsse, die seinen Körper durchsiebten, unter. Als die Magazine leer waren, griff Easy sich ihre fallengelassene Maschinenpistole und ging zurück zum Panzer. Kurz bevor sie wieder einstieg, reichte sie Thul die Polizeipistolen durch die Luke.

"Hier als Beratungsmuster."

"Fett", war Thuls Antwort.

Als sie wieder an ihrem Platz war, fragte Kette sie über Funk: "Allet ok?"

"Ja. An der nächsten Ampel müssen wir rechts und dann immer der Straße folgen."

"Iss wirklich allet ok bei dir?", fragte Kette erneut.

Easy schwieg.

"Ihr habt die Frau jehört. Nächste Ampel rechts. Uff se mit Gebrüll", sagte Sam und fuhr los.

Während sie die Cottbusser Allee herunter fuhren, stellten sich ihnen immer wieder kleinere Barrikaden aus Schutztruppen-LKW in den Weg, die Sam jedes Mal mit dem Räumschild des Panzers beiseite fegte. Kurz vor dem Ende der Cottbusser Allee kamen die Türme des Frankfurter Tors in Sicht.

"Easy, haste Lust uff nen bisschen spontane Jebäuderekonfiguration?"

"Was habe ich mir darunter vorzustellen?"

"Naja, da vorne sind zwee Türmchen, wir haben hier in unserem Türmchen vorne nen 76,2mm-Kanone und hinten nen schnuckeligen 80mm Granatwerfer. Wenn wa also den Turm um 90 Grad zu da Fahrtrichtung drehn, dann könn wa beede Türme uff eenmal platt machen. Wenn dit Schach wär, wär dit ne janz große Nummer."

Nach einer kurzen Pause: "Machste mit?"

"Einverstanden, weil du es bist."

"Ick fühle mir jeehrt."

Während sie näher kamen stellte Thul den Turm und sein Geschütz ein: "Wenn ick 'Jezze' rufe, dann schiesste, ok?"

"Habe ich eine Wahl, wenn es klappen soll?"

"Nee, nich wirklich. Also streng dir an."

Als sie kurz vor dem Frankfurter Tor waren, sagte Thul: "Achtung, fertich machen."

Kurz darauf passierten die die Türme: "Jezze!"

Beide schossen und beide trafen. Doch nichts schien zu passieren. Thul machte ein enttäuschtes langes Gesicht. Easy guckte im Monitor der Heckkamera. Als sie den Platz wieder verließen, sah sie, wie sich die Türme langsam neigten, umstürzten und die Straße unter ihrem Schutt begruben.

XLIX

Heinrich betrat den Plenarsaal des Senats. Der Saal hatte Fenster, die nach Süden raus gingen, so dass man den größten Teil des Tages Sonnenlicht zur Verfügung hatte. Die Fenster waren dementsprechend hoch und weit. Alle Senatoren waren anwesend, sogar der Präsident.

"Sie wollten mich sprechen, meine Damen und Herren?"

Der Wirtschaftssenator ergriff das Wort: "Herr Stürmer, seit heute Mittag wütet ein uns unbekannter Panzer in Berlin. Dieser Panzer hat unseren schönen und prestigeträchtigen Tierpark ruiniert. Unser weltberühmtes Naturkundemuseum zerstört, das Reiterstandbild von König Friedrich II. vernichtet und die Geschäfte in der Friedrichstraße verwüstet. Was gedenken Sie dagegen zu tun?"

"Meine Herren Senatorinnen und Senatoren, Herr Präsident, ich tue alles in meiner Macht stehende, um weiteren Schaden abzuwenden und die Schuldigen zur Rechenschaft zu ziehen. Jedoch ist mein Handlungsspielraum derzeit sehr begrenzt und meine Mittel stark eingeschränkt. Das Übel wurzelt in Alt-Berlin. Dort ist der Hort des Bösen, an den sich kriminelle und terroristische Subjekte zurückziehen können, um ihre feigen Attentate, wie jene auf ihre unglücklichen Kollegen, zu planen. Die Einsatzhundertschaften sind Tag und Nacht unermüdlich im Einsatz, um die Bedrohung dort unten einzudämmen und Sicherheit und Frieden in unserer geliebten Stadt zu sichern. Es ist ein schwerer und langwieriger Kampf. Doch ich verspreche Ihnen, dass wir bis Ende dieses Jahrzehnts diese Krise beendet haben werden, und außer Aufzeichnungen nichts mehr davon künden wird."

"Herr Stürmer das ist ja alles schön und gut, aber die ökonomischen Ausfälle, die wir in der Wirtschaft durch die stetigen Durchbrüche der Untergründigen haben, sind nicht akzeptabel."

"Ich und meine Untergebenen geben alle unser Bestes, mehr können auch wir nicht."

Während Heinrich sprach, war ein Assistent des Wirtschaftssenators eingetreten und hatte seinem Chef etwas ins Ohr geflüstert.

Nun wiederum ergriff der Senator das Wort: "Herr Stürmer, soeben wurde mir mitgeteilt, dass der Panzer drei Barrikaden der Städtischen Schutztruppe durchbrochen und die Türme des Frankfurters Tors zerstört hat. Wann stoppen Sie diesen Irrsinn endlich?"

"In wenigen Minuten müsste eine Polizeihubschrauber mit panzerbrechenden Waffen bei dem Panzer eintreffen und ihn ein für alle Mal vernichten."

Jetzt meldete der Präsident sich zu Wort: "Herr Stürmer, da durch den Angriff des Panzers die Bedrohung durch die Untergründigen ein vollkommen neue Dimension angenommen hat, sehen wir uns gezwungen, auch dem Gewaltmonopol der Polizei eine vollkommen neue Dimension zu verleihen. Wir haben daher beschlossen, Ihnen bis zum Ende dieses Zwischenfalls die alleinige Regierungsgewalt zu übertragen."

"Ich danke Ihnen für ihr Vertrauen, meine Damen und Herren. Ich bitte Sie, mich jetzt zu entschuldigen, da ich mich um die Rettung unserer Stadt kümmern möchte."

Da niemand mehr etwas sagte, nahm Heinrich die Papiere, die ihn vorübergehend zum Präsidenten von Neu-Berlin machten und verließ den Saal. Draußen wartete sein Assistent. Dieser verstaute die Papiere zügig in einem Aktenkoffer und beide verließen das Rathaus.

Als Heinrichs Limousine auf den Mühlendamm einbog, griff er zum Autotelefon und sagte: "Verbinden sie mich mit der Staffel."

"Sehr wohl, Her Kommandant", kam als Antwort.

Kurz darauf kam aus dem anderen Ende der Leitung: "Jagdstaffel Eins hört."

Heinrich sagte: "Jagdstaffel Eins, hier spricht der Großkommandant, Zugriff!"

Vor der Fensterfront des Plenarsaals tauchten plötzlich vier schwerbewaffnete Kampfhubschrauber auf. Die Senatoren gingen davon aus, dass sie zu ihrem Schutz hier seien, da die Waffen auf den Platz und die Straße vor dem Fenster gerichtet waren. Auch als die Piloten ihre Maschinen umdrehten, ahnten nur die wenigsten, was ihnen bevorstand. Ruhig vor den Fenstern schwebend eröffneten sie das Feuer und löschten auf einen Schlag die Berliner Regierung aus.

Als Heinrichs Limousine sich dem Potsdamer Platz näherte, erhielt er einen Anruf: "Jagdstaffel Eins für Großkommandanten, bitte kommen."

"Kommandant hört."

"Auftrag ausgeführt. Herzlichen Glückwunsch, Herr Präsident."

"Habe verstanden, Jagdstaffel Eins. Präsident Ende."

Heinrich lehnte sich entspannt zurück und überlegte sich, wie er mit diesem Idioten Edgar verfahren würde und malte sich aus, was er mit dessen reizender Freundin Lili alles anstellen würde.

L

Kette fiel auf, dass sie von einem Hubschrauber verfolgt wurden: "Ähm, Thul, hat dein tolles Töff-Töff-Bumm irgendetwas, mit dem wir sone Fliegedinger bekämpfen können?"

"Häe Fliegedinger? Sach mal haste jetrunken? Wat solln denn Fliegedinger sein?"

"Naja so Dinga, die halt inna Luft rumfliejen."

"Er meint den Hubschrauber, der uns verfolgt", mischt sich Easy ein.

"Ach der, der iss doch nich schlimm, eher wie so ne Schmeißfliege. Fliegt rum, brummt und nervt aber wirklich jefährlich isser nich. Lass doch den ollen Hubnagler, wat willa uns denn schon anhabn?"

Als hätte der Pilot des Hubschraubers die Frage gehört, schlug neben dem Panzer eine Luft-Boden-Rakete ein.

"Wie wäre es damit?", fragte Easy.

"Jungs ick wäre für Lösungvorschäje innerhalb der nächsten zehn Sekunden sehr dankbar. Da vorne wird's vadammt enge für uns", mahnte Sam.

Ein Block hinter dem Frankfurter Tor verengten sich die Gehwege, und die Straße zwängte sich zwischen hohen Häuserfassaden durch.

"Wennet fliegt, kannet nich dick jepanzat sein", merkte Thul an.

"Na, denn versucht doch ma, den Vojel mitm Turm-MG runterzuholen."

Als wollte der Hubschrauberpilot der Dringlichkeit von Sams Anliegen Nachdruck verleihen, schoss er ein zweites Mal. Wieder verfehlte er sein Ziel, jedoch nur knapp. Thul drehte den Turm nach hinten, öffnete die Luke und wollte gerade rausklettern, da schoss der Hubschrauber auf die Luke, so dass Thul abtauchen musste, um nicht getroffen zu werden. Er langte mit einer Hand raus und bekam das MG und seinen Abzug zu fassen. Er schoss eine Salve blind und der Hubschrauber wich aus.

Eine Zeit lang tänzelte der Hubschrauber umher, um nicht getroffen zu werden. Ab und zu schaute Thul kurz raus, um zu sehen, wo sein Widersacher sich aufhielt. Der Schusswechsel dauerte, bis sie den S-Bahnring erreichten. Hier musste der Hubschrauber höher fliegen, um nicht mit der Brücke zu kollidieren, die sich über die Straße spannte. Hinter dem S-Bahnring war für den Hubschrauber wieder mehr Platz zum Manövrieren. Er flog neben den Panzer, um ihn von der Seite unter zu Beschuss zu nehmen.

Das war ein verhängnisvoller Fehler. Doch der Pilot hatte nicht mehr genug Zeit, sich darüber zu ärgern. Sobald er mit dem Panzer auf einer Höhe war, riss Kette mit dem Steuerknüppel die Gatling-Gun herum und schickte eine Salve mitten in die

Pilotenkanzel, die explodierte. Schließlich brachte Thul den Turm wieder in die richtige Stellung und sie setzten ihre Fahrt ungestört fort.

"Wo wollt ihr jetzt hin?", fragte Easy nach einiger Zeit.

"Raus", antwortete Kette.

"Und dann?"

"Weiter."

"Wohin weiter?"

"Nach Westen, würde ick vorschlajen."

"Warum ausgerechnet dorthin?"

"Innem alten Lied wird vom joldenen Westen jesungen, deshalb."

"Klingt jut, ick bin dafür", meldete sich Thul.

"Wat meinst du, Sam?"

"Mir ejal, Hauptsache Ruhe und keene schieß- oder fickwütigen Faschistn."

Nach knappen fünfzehn Kilometern erreichten sie die Stadtgrenze. Easy drehte plötzlich den Turm um 180 Grad, öffnete die Turmluke, lud das Maschinengewehr durch und feuerte auf zwei Schilder, auf denen stand:

'Willkommen in der Hauptstadt Neu-Berlin'
'Sei tolerant - sei vielfältig - sei Neu-Berlin'

"Fick dich, Neu-Berlin!", sagte sie.